CUENTOS DE BUENAS NOCHES PARA NIÑAS REBELDES

CUENTOS DE BUENAS NOCHES PARA NIÑAS REBELDES

100 HISTORIAS DE MUJERES EXTRAORDINARIAS

ELENA FAVILLI Y FRANCESCA CAVALLO

Planeta

Título original: *Good Night Stories for Rebel Girls*

©Traducción: Ariadna Molinari Tato
Diseño de portada: Pemberley Pond
Adaptación de portada: Carmen Irene Gutiérrez Romero
Diseño de interiores: Cori Johnson
Adaptación al español: Lucero Elizabeth Vázquez Téllez
Dirección editorial y Dirección de arte: Francesca Cavallo y Elena Favilli

© 2016, Timbuktu Labs, Inc.
Publicado originalmente en inglés por Timbuktu Labs, Inc. of
405 Lexington Avenue, 19th Floor, New York, NY 10174, USA

Derechos mundiales en español
Publicado mediante acuerdo con Timbuktu Labs, Inc. cuidado por Creative
Artists Agency of 405 Lexington Avenue, 19th Floor, New York, NY 10174,
USA actuando en conjunto con Intercontinental Literary Agency Ltd,
of 5 New Concordia Wharf, Mill Street, London, SE1 2BB, UK

© 2017, Editorial Planeta Mexicana, S.A. de C.V.
Bajo el sello editorial PLANETA M.R.
Avenida Presidente Masarik núm. 111, Piso 2
Colonia Polanco V Sección
Delegación Miguel Hidalgo
C.P. 11560, Ciudad de México
www.planetadelibros.com.mx
www.rebelgirls.co

Primera edición en formato epub: marzo de 2017
ISBN: 978-607-07-3990-3

Primera edición: marzo de 2017
Octava reimpresión: noviembre de 2017
ISBN: 978-607-07-3979-8

Impreso en los talleres de Litográfica Ingramex, S.A. de C.V.
Centeno núm. 162, colonia Granjas Esmeralda, Ciudad de México
Impreso y hecho en México – *Printed and made in Mexico*

A todas las niñas rebeldes del mundo:

sueñen en grande,

aspiren a más,

luchen con fuerza

y, ante la duda, recuerden esto:

tienen razón.

• ÍNDICE •

• PREFACIO •

Hay muchas razones por la cuales este libro siempre será especial para nosotras. Algunas son evidentes: la suma de dinero sin precedentes que reunimos a través del *crowdfunding* (¡más de un millón de dólares!, siendo el libro original que más recursos ha obtenido en la historia del financiamiento colectivo), la cantidad asombrosa de patrocinadores de más de setenta países y el privilegio de trabajar con docenas de artistas e ilustradoras talentosísimas de todo el mundo.

Sin embargo, también hay otras razones no tan obvias: las cartas de futuras madres y padres que nos contaron que era el primer libro que compraban para sus hijas. La amiga de una amiga que dijo que esta campaña le dio la confianza de arrancar un proyecto muy importante para ella que había dejado en pausa durante mucho tiempo porque «¿y si fracasaba?». El correo electrónico de una madre fascinada con tener un libro que pudiera ayudarla a compartir su visión del mundo con sus tres hijos varones, no sólo como madre de familia, sino como mujer. Y, sobre todo, la inmensa confianza que nuestros seguidores y seguidoras han tenido en nosotras.

Esta clase de confianza no es algo que las mujeres experimentemos con mucha frecuencia. No la damos por sentada. ¿Cómo podríamos? La mayoría de las mujeres extraordinarias cuyas historias están relatadas en este libro nunca experimentó este tipo de confianza. Independientemente de la importancia de sus hallazgos, la audacia de sus aventuras o el alcance de su genio, con frecuencia las subestimaron, olvidaron y hasta borraron de la historia.

Es importante que las niñas conozcan los obstáculos que enfrentarán a lo largo de su vida, pero también es esencial que sepan que dichos obstáculos son superables. No sólo encontrarán formas de sobreponerse a ellos, sino que pueden ir eliminándolos para las mujeres del futuro, igual que lo han hecho las grandes mujeres de este libro.

Cada una de las cien historias aquí contenidas demuestra el poder transformador de un corazón que confía.

Esperamos que estas valientes pioneras sirvan de inspiración. Ojalá que sus retratos les transmitan a tus hijas la fuerte creencia de que la belleza se manifiesta en todas las formas y colores, y a cualquier edad. Deseamos que cada lector y lectora se convenza de que el mayor éxito es llevar una vida llena de pasión, curiosidad y generosidad. Y quizás así cada una de nosotras recordemos a diario que tenemos derecho a ser felices y a explorar el vasto mundo que tenemos frente a nosotras.

Ya que tienes este libro entre tus manos, no nos queda más que sentir confianza y entusiasmo por el mundo que estamos construyendo juntas. Es un mundo en el que el género no definirá el tamaño de nuestros sueños ni la distancia que podemos recorrer. Será un mundo en el que cada una de nosotras afirmará con confianza: «¡Soy libre!».

Gracias por ser parte de esta aventura.

Elena Favilli
Francesca Cavallo

• ADA LOVELACE •

MATEMÁTICA

Había una vez una niña llamada Ada a quien le encantaban las máquinas.

También le fascinaba la idea de volar.

Estudió a muchas aves para descifrar el equilibrio exacto entre el tamaño de las alas y el peso del cuerpo. Probó distintos materiales y realizó múltiples diseños. Nunca logró planear como un ave, pero creó un hermoso libro de ilustraciones llamado *Flyology* (Vuelología), en donde anotó todos sus hallazgos.

Una noche, Ada asistió a un baile donde conoció a un viejo matemático cascarrabias llamado Charles Babbage. Ada también era una matemática brillante, así que no tardaron en convertirse en buenos amigos. Charles la invitó a ver una máquina que había inventado. Se llamaba *máquina diferencial*, y podía sumar y restar números de forma automática. Nadie nunca había hecho algo así.

Ada estaba fascinada.

—¿Y si construimos una máquina que haga cálculos más complejos? —le preguntó a Charles. Ambos pusieron manos a la obra. Estaban muy emocionados. La máquina era descomunal y requería un enorme motor de vapor.

Pero Ada quería llegar más lejos.

—¿Y si logramos que esta máquina toque música y muestre letras además de números?

Lo que Ada estaba describiendo era una computadora, ¡mucho antes de que se inventaran las computadoras modernas!

De hecho, Ada creó el primer programa computacional de la historia.

10 DE DICIEMBRE DE 1815 – 27 DE NOVIEMBRE DE 1852

REINO UNIDO

ILUSTRACIÓN DE
ELISABETTA STOINICH

ESTE CEREBRO MÍO
ES MÁS QUE MERAMENTE MORTAL,
COMO EL TIEMPO LO DEMOSTRARÁ.
ADA LOVELACE

• ALEK WEK •

SUPERMODELO

Había una vez una niña llamada Alek que siempre se detenía junto a un árbol de mangos para comerse uno cuando volvía a casa de la escuela.

En el pueblo de Alek no había agua corriente ni electricidad. Debían caminar hasta un pozo para obtener agua potable, pero su familia y ella llevaban una vida simple y alegre.

Por desgracia, un día se desató una guerra terrible y la vida de Alek cambió para siempre. Su familia y ella debieron huir del conflicto en medio de sirenas de advertencia que aullaban en todo el pueblo.

Era temporada de lluvias. El río se había desbordado, los puentes para cruzarlo se habían hundido y Alek no sabía nadar. Le aterraba ahogarse, pero su mamá la ayudó a cruzar el río a salvo. En el camino, la mamá de Alek intercambió sobres de sal por comida y pasaportes, pues no tenían dinero. Con el tiempo, lograron escapar de la guerra y refugiarse en Londres.

Un día, mientras Alek paseaba en el parque, se le acercó un reclutador de talentos de una afamada agencia de modelos. Quería reclutarla como modelo, pero la mamá de Alek no estaba de acuerdo. Sin embargo, el agente persistió, hasta que por fin la mamá de Alek accedió.

Alek era tan distinta a las otras modelos que de inmediato se convirtió en una sensación.

Alek tiene un mensaje para todas las niñas del mundo:

—Eres hermosa. Está bien ser peculiar. Está bien ser tímida. No necesitas ser igual que los demás.

NACIÓ EL 16 DE ABRIL DE 1977

SUDÁN

ILUSTRACIÓN DE
BIJOU KARMAN

CUANDO LA BELLEZA BRILLA
DESDE EL INTERIOR,
NO HAY FORMA DE NEGARLA.
ALEK WEK

• ALFONSINA STRADA •

CICLISTA

Había una vez una niña que conducía su bicicleta tan rápido que apenas alcanzabas a verla pasar.

—¡No vayas tan rápido, Alfonsina! —le gritaban sus padres. Pero era demasiado tarde, porque ya estaba muy lejos para escucharlos.

Cuando Alfonsina se casó, su familia tuvo la esperanza de que por fin renunciaría a la loca idea de convertirse en ciclista profesional. Sin embargo, el día de su boda su esposo le regaló una bicicleta de carreras nuevecita. Después se mudaron a Milán, en donde Alfonsina empezó a entrenar de forma profesional. Era tan rápida y tan fuerte que unos años después participó en el Giro de Italia, una de las carreras de ciclismo más difíciles del mundo. Ninguna otra mujer lo había intentado antes.

«No lo logrará», decía la gente. Pero no había forma de detenerla.

Fue una carrera larga y agotadora, con fases de veintiún días en algunos de los senderos montañosos más empinados del mundo. De los noventa ciclistas que entraron a la competencia, sólo treinta cruzaron la meta.

Y Alfonsina fue una de ellos. La recibieron como una heroína.

Por desgracia, al año siguiente le prohibieron competir.

—El Giro de Italia es una carrera para hombres —declararon los oficiales.

Pero eso tampoco detuvo a Alfonsina. Encontró la forma de concursar y estableció un récord de velocidad que se mantuvo durante veintiséis años, a pesar de andar en una bicicleta de veinte kilos y una sola velocidad.

A Alfonsina la alegraría saber que las cosas han cambiado mucho desde entonces. Ahora el ciclismo femenino es muy popular. Incluso es un deporte olímpico.

16 DE MARZO DE 1891 – 13 DE SEPTIEMBRE DE 1959

ITALIA

ILUSTRACIÓN DE
CRISTINA PORTOLANO

NADIE PUEDE DETENER
MI BICICLETA.
ALFONSINA STRADA

· ALICIA ALONSO ·

BAILARINA

Había una vez una niña ciega que se convirtió en una gran bailarina.

Su nombre era Alicia.

En su infancia, Alicia sí podía ver, y ya era una bailarina excepcional con una gran carrera por delante cuando enfermó. Su vista iba empeorando con el tiempo. Se vio obligada a pasar meses en cama sin moverse, pero necesitaba bailar, así que lo hacía de la única forma posible.

—Bailaba en mi cabeza. Sin poder ver, sin poder moverme, quieta en mi cama, me enseñé a mí misma a bailar *Giselle*.

Un día, la *prima ballerina* del Ballet de Nueva York se lesionó y llamaron a Alicia para que la reemplazara. Ya había perdido buena parte de la vista, pero ¿cómo iba a decir que no? Además, el *ballet* que bailaría sería *Giselle*.

Tan pronto empezó a bailar, el público se enamoró de ella.

Bailaba con mucha gracia y confianza, a pesar de estar casi ciega. A sus compañeros de baile les fue enseñando a esperarla en el lugar preciso, en el momento indicado.

Su estilo era tan único que le pidieron que bailara con su compañía de *ballet* en todo el mundo. Pero su sueño era llevar el *ballet* a Cuba, su país natal.

Cuando volvió de sus viajes, comenzó a enseñar *ballet* clásico a bailarinas cubanas y fundó la Compañía de Ballet Alicia Alonso, la cual después se convirtió en el Ballet Nacional de Cuba.

NACIÓ EL 21 DE DICIEMBRE DE 1921

CUBA

ILUSTRACIÓN DE
ANA JUAN

UNA BUENA BAILARINA
DEBE APRENDER DE
TODAS LAS ARTES
ALICIA ALONSO

AMEENAH GURIB-FAKIM

PRESIDENTA Y CIENTÍFICA

En una pequeña isla del océano Índico llamada Mauricio, vivía una pequeña niña que quería saber todo sobre las plantas. Esa niña se llamaba Ameenah y decidió que quería estudiar la biodiversidad.

En sus viajes analizó cientos de flores y de hierbas aromáticas y medicinales. Estudió sus propiedades y viajó a zonas rurales para aprender de los curanderos tradicionales que usaban plantas en sus rituales.

Para Ameenah, las plantas eran sus amigas.

Su árbol favorito era el baobab por su gran utilidad, ya que almacena agua en el tronco, sus hojas pueden curar infecciones y su fruta (llamada *pan de mono*) contiene más proteínas que la leche materna.

Ameenah creía que se podía aprender muchísimo de las plantas; por ejemplo, del benjuí.

—Las hojas de benjuí tienen distintas formas y tamaños. Los animales no comen plantas que no reconocen, así que suelen evitar las hojas de benjuí. Muy inteligente, ¿no creen?

Ameenah consideraba que las plantas eran laboratorios biológicos vivos, llenos de información vital para los humanos y para cualquier otra especie.

—Cada vez que arrasan con un bosque, perdemos un laboratorio extenso, uno que nunca jamás recuperaremos.

Ameenah Gurib fue elegida presidenta de Mauricio, y todos los días sigue luchando por los habitantes de su país, sean personas, animales o, por supuesto, plantas.

NACIÓ EL 17 DE OCTUBRE DE 1959

MAURICIO

LAS PEQUEÑAS PLANTAS
CONTIENEN LOS SECRETOS
MÁS SORPRENDENTES.
AMEENAH GURIB-FAKIM

AMELIA EARHART

AVIADORA

Había una vez una niñita llamada Amelia que ahorró y ahorró todo su dinero para comprarse un avión amarillo.

Cuando por fin lo tuvo, lo nombró el Canario.

Unos años después, se convirtió en la primera mujer en sobrevolar sola el océano Atlántico. Fue un vuelo peligroso, pues su pequeño avión fue agitado por fuertes turbulencias y tormentas heladas. Pero ella siguió adelante, con sólo una lata de jugo de tomate que bebía con ayuda de un popote. Casi quince horas después, aterrizó en un campo en Irlanda del Norte, para sorpresa de las vacas que ahí pastaban.

—¿Viene de lejos? —le preguntó un granjero.

—¡Desde Estados Unidos! —contestó ella entre risas.

A Amelia le encantaba volar y hacer cosas que nunca nadie había hecho.

El desafío más grande que enfrentó fue ser la primera mujer en volar alrededor del mundo.

Sólo podía llevar consigo un bolso pequeño, pues el espacio libre del avión se ocuparía con combustible. Al principio, el vuelo iba bastante bien. Amelia debía aterrizar en la pequeña isla Howland, pero nunca llegó a su destino. En su última transmisión, Amelia dijo que estaba volando entre nubes y que se le estaba acabando el combustible. Su avión desapareció en algún lugar del océano Pacífico, en donde se perdió para siempre.

Antes de partir, escribió: «Estoy consciente de los peligros. Quiero hacerlo porque quiero hacerlo. Las mujeres debemos intentar hacer las mismas cosas que los hombres. Si fracasamos, nuestro fracaso será un desafío para las demás».

24 DE JULIO DE 1897 – JULIO DE 1937

ESTADOS UNIDOS DE AMÉRICA

LA AVENTURA ES
VALIOSA EN SÍ MISMA.
AMELIA EARHART

AMNA AL HADDAD

LEVANTADORA DE PESAS

Había una vez una periodista llamada Amna que era muy infeliz. Amna tenía sobrepeso y nada de condición física. Un día se dijo a sí misma: «Puedes hacer algo mejor que esto. Simplemente haz algo. Sal a caminar». Y eso hizo.

Amna disfrutaba tanto sus paseos que quiso hacer algo más. Empezó a correr largas distancias. Hacía carreras cortas. Empezó a ejercitarse en el gimnasio y, cuando descubrió el levantamiento de pesas, supo que era su deporte ideal.

La vida de Amna cambió cuando la Federación Internacional de Halterofilia, que regula el levantamiento de pesas en todo el mundo, permitió que las mujeres musulmanas participaran en unitardo (leotardo de cuerpo completo) y *hiyab*. Amna empezó entonces a competir en Europa y en América, y se convirtió en un ícono para todas las niñas musulmanas del mundo.

—Me gusta ser fuerte —afirma Amna—. Ser mujer no significa que no puedas ser tan fuerte como un varón, ¡o hasta más!

Le gusta tanto levantar pesas que entrenó para ir a los Juegos Olímpicos en Río de Janeiro.

Amna cree que todas debemos encontrar un deporte que nos guste y practicarlo.

—No importa tu edad, tu religión u origen étnico. El deporte es bueno para todos. El deporte genera paz y une a las naciones. Sin importar cuáles sean los desafíos, nunca te alejes de tus sueños. Entre más persistas, más te acercarás a tus metas. Cuando las cosas se pongan duras, vuélvete más dura que ellas.

NACIÓ EL 21 DE OCTUBRE DE 1989

EMIRATOS ÁRABES UNIDOS

ILUSTRACIÓN DE
ELINE VAN DAM

NADIE TIENE DERECHO
A DECIRME QUÉ PUEDO LOGRAR
O QUÉ NO PUEDO LOGRAR.
AMNA AL HADDAD

· ANN MAKOSINSKI ·

INVENTORA

Había una vez una joven que no podía seguir estudiando cuando oscurecía porque en su casa no había electricidad. Un día, su amiga Ann la visitó, y juntas hablaron de ese problema.

Ann era muy buena para construir cosas, y en especial la apasionaban los transistores, que son mecanismos que regulan la corriente eléctrica.

—¿Y si invento una linterna que se cargue con el calor del cuerpo? —le preguntó Ann a su amiga—. Digo, porque nuestros cuerpos producen mucha energía en forma de calor.

Las chicas se emocionaron mucho.

—¡Imagina cuánta gente podría tener electricidad si esto funciona!

Ann tenía apenas quince años, pero tenía mucha experiencia desarmando y rearmando cosas. Así que se puso manos a la obra para crear esa nueva linterna misteriosa. La llamó Linterna Hueca porque la construyó con un tubo de aluminio hueco.

Cuando la presentó en la Feria de Ciencias de Google, ¡ganó el primer lugar! Es la primera lámpara que no requiere baterías, viento o sol, sólo calor corporal.

En la actualidad, Ann es considerada una de las inventoras más prometedoras de nuestros tiempos.

Su sueño es que las linternas huecas lleguen sin costo alguno a las manos de todas las personas que no pueden pagar electricidad.

—Me agrada la idea de usar la tecnología para hacer del mundo un lugar mejor y ayudar al medio ambiente —suele decir Ann.

NACIÓ EL 3 DE OCTUBRE DE 1997

CANADÁ

BASTA CON ESTAR VIVO
PARA PRODUCIR LUZ.
ANN MAKOSINSKI

ANNA POLITKOVSKAYA

PERIODISTA

Hace mucho tiempo, había varios libros que estaban prohibidos en Rusia. Algunos de ellos habían sido escritos por autores que le encantaban a una niñita llamada Anna. Por lo tanto, los padres de Anna solían llevarle a escondidas sus libros favoritos para alegrarle el corazón.

Anna creció y se convirtió en periodista.

Cuando una parte de Rusia llamada Chechenia quiso separarse y volverse una nación independiente, el gobierno ruso envió tropas para detenerla. Se desató una guerra brutal, y Anna decidió que debía escribir al respecto. Debía decirle al mundo qué era lo que en realidad estaba ocurriendo en Chechenia. Pero al gobierno ruso no le agradó en lo absoluto.

—¿Por qué pones en riesgo tu vida? —le preguntó una vez su esposo.

—El riesgo es parte de mi profesión —contestó ella—. Sé que me puede pasar algo. Sólo quiero que mis artículos ayuden a construir un mundo mejor.

Pasaron muchas cosas malas, pero Anna siempre fue valiente.

Una vez tuvo que correr toda la noche por las colinas de Chechenia para huir de las fuerzas de seguridad rusas. La gente de ambos extremos quería impedirle que dijera la verdad, e incluso alguien intentó deshacerse de ella poniéndole veneno en el té. A pesar de esos peligros, ella siguió adelante, con valentía, revelando la verdad sobre las cosas que veía a diario.

Anna siguió arriesgando su vida hasta que murió, y siempre se mantuvo fiel a relatar la verdad para ayudar a construir un mundo mejor.

30 DE AGOSTO DE 1958 – 7 DE OCTUBRE DE 2006

RUSIA

ILUSTRACIÓN DE
LEA HEINRICH

LO IMPORTANTE ES LA
INFORMACIÓN, NO LO QUE
PENSEMOS SOBRE ELLA.
ANNA POLITKOVSKAYA

ARTEMISIA GENTILESCHI

PINTORA

Había una vez una niña que era una sorprendente pintora. Se llamaba Artemisia y era una muchacha hermosa y fuerte.

Su padre, Orazio, también era pintor, y desde muy pequeña la educó en su estudio.

A los diecisiete años, Artemisia ya había pintado varias obras maestras. Sin embargo, la gente dudaba de ella.

«¿Cómo puede pintar de esa manera?», cuchicheaban entre sí.

En esos tiempos, muy pocas mujeres podían entrar a los estudios de los artistas famosos.

Un día, Orazio le pidió a un amigo suyo, el famoso pintor Agostino Tassi, que le enseñara a Artemisia sobre perspectiva y cómo crear espacios tridimensionales en una superficie plana.

Agostino quería que su discípula fuera también su amante.

—Prometo casarme contigo —le decía, pero Artemisia siempre le contestaba que no.

Las cosas se complicaron tanto que Artemisia terminó por decirle a su padre lo que estaba pasando. Orazio le creyó a su hija y, aunque Agostino era un hombre poderoso y un enemigo peligroso, lo llevó a juicio.

Durante el juicio, Agostino negó haber hecho algo malo. Artemisia enfrentó grandes presiones, pero se apegó a la verdad y no se dio por vencida. Al final, Agostino fue declarado culpable y en la actualidad Artemisia es considerada una de las mejores pintoras de todos los tiempos.

8 DE JULIO DE 1593 – 14 DE JUNIO DE 1653

ITALIA

ILUSTRACIÓN DE
MONICA GARWOOD

MIENTRAS VIVA,
TENDRÉ CONTROL
SOBRE MI PROPIO SER.
ARTEMISIA GENTILESCHI

ASHLEY FIOLEK

CAMPEONA DE *MOTOCROSS*

Un día, una niñita llamada Ashley estaba jugando en la cocina cuando una enorme pila de sartenes cayó al suelo con un fuerte estruendo. Ashley ni siquiera volteó a ver qué pasaba. Sus padres decidieron llevarla a que le hicieran exámenes de audición y, al ver los resultados, supieron que su hija era sorda. Aprendieron lenguaje de señas y enviaron a Ashley a campamentos con otros niños sordos para que aprendiera de ellos y aumentara su confianza en sí misma.

Al padre y al abuelo de Ashley les fascinaban las motocicletas, así que cuando la pequeña Ashley cumplió tres años le regalaron una motocicleta tamaño infantil. Los tres salían de paseo por el bosque, cada uno con su propia moto. A Ashley le fascinaban esos paseos, así que empezó a soñar con practicar *motocross*. Pero mucha gente le dijo que sería imposible.

«Oír es esencial para el *motocross* —argumentaban—. El sonido del motor te dice cuándo cambiar la velocidad. Además, necesitas oír para saber dónde están los otros motociclistas».

Sin embargo, Ashley había aprendido a sentir las vibraciones del motor para saber cuándo cambiar de velocidad. Asimismo, de reojo se fijaba en las sombras para saber si alguien se le estaba acercando.

En cinco años, Ashley ganó cuatro títulos nacionales. Y claro que también se cayó de la moto, ¡muchas veces! Ashley se rompió el brazo derecho, la muñeca derecha, el tobillo derecho, la clavícula (tres veces) y los dos dientes frontales, pero siempre se recuperaba y volvía a subirse a la motocicleta.

Afuera de su casa hay una camioneta estacionada. En la parte trasera, tiene pegada una calcomanía que dice: «Toca el claxon cuantas veces quieras. Estoy sorda».

NACIÓ EL 22 DE OCTUBRE DE 1990

ESTADOS UNIDOS DE AMÉRICA

NO PIENSO EN LAS VIBRACIONES. NO PIENSO EN NADA. YA SOY PARTE DE LA MOTO
ASHLEY FIOLEK
ILUSTRACIÓN DE KATE PRIOR
RECKLESS

· ASTRID LINDGREN ·

ESCRITORA

Había una vez una niñita que vivía en una granja y tenía una familia numerosa. Pasaba sus días paseando por los campos con sus hermanos y hermanas, pero también ayudaba a cuidar a los animales de la granja, y no sólo a los pequeños —como pollos y patos—, sino también a los grandes, como vacas y caballos.

Esa niñita se llamaba Astrid y tenía un espíritu muy rebelde.

Era una niña fuerte, valiente, que no tenía miedo de estar sola y que podía hacer toda clase de cosas: cocinar, limpiar, arreglar su bicicleta, caminar por los tejados, derrotar a los bravucones, inventar historias fantásticas… ¿Te suena familiar? Bueno, si alguna vez has leído la historia de una niñita fuerte, valiente e intrépida llamada Pippi Calzaslargas, no te sorprenderá saber que Astrid fue la autora de ese increíble libro.

Cuando se publicó *Pippi Calzaslargas*, muchos adultos lo reprobaron.

—Pippi es demasiado rebelde —decían—. Nuestros hijos creerán que desobedecer está bien.

Sin embargo, a los niños y niñas les encantaba. Pippi no decía que no sin razón, sino que les mostraba a los lectores jóvenes la importancia de ser independiente sin dejar de cuidar de las demás personas.

En nuestros tiempos, *Pippi Calzaslargas* es uno de los libros infantiles más queridos. Astrid escribió y publicó muchos otros libros que también describían a niños y niñas fuertes que tomaban las riendas de sus propias aventuras.

Por lo tanto, si un día te metes en problemas por hacer travesuras, toma una copia de *Pippi Calzaslargas*. Ella siempre estará ahí para ayudarte.

14 DE NOVIEMBRE DE 1907 – 28 DE ENERO DE 2002

SUECIA

LAS TRAVESURAS NO SON
ALGO QUE INVENTAS.
SON ALGO QUE TE OCURRE.
ASTRID LINDGREN

· AUNG SAN SUU KYI ·

POLÍTICA

Había una vez una joven llamada Suu Kyi que provenía de una rica familia birmana que viajaba por el mundo.

Suu Kyi, su esposo y sus dos hijos estaban viviendo en Inglaterra cuando ella recibió una llamada que cambiaría su vida.

—Mi mamá está enferma —les dijo Suu Kyi a sus hijos—. Debo volver a casa para cuidarla.

Suu Kyi planeaba quedarse en Birmania unas cuantas semanas, pero tan pronto aterrizó se encontró rodeada de protestas contra la dictadura militar. El dictador había tomado el control del país y encarcelaba a cualquiera que estuviera en su contra.

Suu Kyi empezó a hablar en contra de él y no tardó en recibir mucho apoyo. El dictador se dio cuenta entonces de que aquella joven representaba una gran amenaza, así que hizo que tomara una decisión muy difícil.

—Eres libre de irte del país y no volver. Pero si te quedas, serás prisionera en tu propio hogar.

Suu Kyi lo meditó. Quería volver al lado de su esposo y sus hijos en Inglaterra, pero también sabía que su gente la necesitaba.

—Me quedo —contestó.

Suu Kyi pasó casi veintiún años encerrada en su propio hogar. Conoció gente, habló con ella de sus creencias y extendió su mensaje de democracia y cambio pacífico. Ganó el Premio Nobel de la Paz e inspiró a millones de compatriotas suyos y a personas de todo el mundo sin salir de su casa.

Después de su liberación, fue electa lideresa de su país.

NACIÓ EL 19 DE JUNIO DE 1945

BIRMANIA

ILUSTRACIÓN DE
LIZZY STEWART

YA QUE VIVIMOS
EN ESTE MUNDO,
DEBEMOS HACER LO MEJOR
QUE PODAMOS POR ÉL.
AUNG SAN SUU KYI

• BALKISSA CHAIBOU •

ACTIVISTA

Había una vez una niña que soñaba con ser doctora. Se llamaba Balkissa y era muy buena estudiante. Sin embargo, un día descubrió que su padre le había prometido a su tío casarla con uno de sus primos. Balkissa estaba horrorizada.

—¡No pueden obligarme a casarme! ¡Yo quiero ser doctora!

Por desgracia, el país en el que vive Balkissa permite a los padres arreglar los matrimonios de sus hijas cuando ellas todavía son niñas.

—Sólo déjenme estudiar cinco años más —les rogó Balkissa a sus padres.

Ellos accedieron a posponer la boda, pero cinco años después el amor de Balkissa por el conocimiento se había hecho aún más fuerte. La noche antes de la boda, Balkissa huyó de su casa y corrió a la estación de policía más cercana para pedir ayuda. Decidió desafiar a su tío frente a un jurado.

Le aterraba que esa decisión pusiera a toda su familia en su contra, pero su mamá la apoyó en secreto para que siguiera luchando. El juez estuvo de acuerdo con Balkissa y, como su tío la amenazó, lo obligaron a salir del país.

—El día que gané el caso y volví a ponerme el uniforme de la escuela, sentí que mi vida había vuelto a empezar —comentó Balkissa.

En la actualidad, Balkissa se está preparando para ser doctora. También hace campaña para que otras jóvenes sigan su ejemplo y se nieguen a aceptar los matrimonios forzados. Para ello, visita escuelas y habla con jefes tribales al respecto.

—Estudien con todas sus fuerzas. No es fácil, pero es nuestra única esperanza —les dice Balkissa a las niñas.

NACIÓ EN 1995

NIGERIA

LES DEMOSTRARÉ LO QUE
PUEDO LOGRAR EN LA VIDA.
BALKISSA CHAIBOU

BRENDA CHAPMAN

DIRECTORA DE CINE

Había una vez una niña de cabello pelirrojo rizado a la que le encantaba dibujar. Su nombre era Brenda.

Cuando tenía quince años, Brenda se puso en contacto con los estudios de Walt Disney.

—Soy muy buena dibujante —dijo—. ¿Me darían trabajo?

Le contestaron que volviera a ponerse en contacto con ellos cuando fuera más grande y tuviera algo de experiencia.

Y eso fue justo lo que hizo. Estudió animación de personajes en el Instituto de las Artes de California y pocos años después logró el sueño de su vida: trabajar haciendo películas animadas para Disney en Los Ángeles. Pronto descubrió que era una de las pocas mujeres animadoras en la empresa.

—Ahí fue cuando me di cuenta de por qué las princesas de Disney son tan indefensas: todas habían sido creadas por hombres —recuerda Brenda. Se prometió a sí misma crear un nuevo tipo de princesa: fuerte, independiente y… «valiente», pensó—. ¡Qué gran nombre para una película!

La princesa Mérida de *Valiente* es todo menos indefensa. Es una excelente arquera que galopa por doquier en su caballo, combate osos y tiene aventuras increíbles. Brenda basó el personaje en su hijita, Emma, que es una niña fuerte y de espíritu libre, ¡igual que su mamá!

—Ella es mi Mérida, y la adoro.

Brenda ganó un premio Óscar y un Globo de Oro por su película. También trabajó en muchas otras películas premiadas como *La bella y la bestia*, *La sirenita* y *El rey león*. Brenda fue la primera mujer en dirigir una película animada para uno de los principales estudios hollywoodenses con *El príncipe de Egipto*.

NACIÓ EL 1 DE NOVIEMBRE DE 1962

ESTADOS UNIDOS DE AMÉRICA

EMPECÉ A DIBUJAR
DESDE QUE ERA NIÑA, Y
QUERÍA TENER UNA CARRERA
QUE IMPLICARA DIBUJAR.
BRENDA CHAPMAN

• LAS HERMANAS BRONTË •

En una fría y sombría casa del norte de Inglaterra, vivieron alguna vez tres hermanas. Charlotte, Emily y Anne pasaban mucho tiempo solas y escribían relatos y poemas para divertirse.

Un día, Charlotte decidió enviar sus textos a un famoso poeta inglés para preguntarle qué opinaba de ellos. Su respuesta fue: «No me gustan sus poemas en lo absoluto. ¡La literatura es cosa de hombres!».

Pero Charlotte no dejó de escribir.

Una noche, encontró un cuaderno abierto sobre el escritorio de su hermana Emily.

—¿Por qué nunca nos has enseñado tus poemas? —le preguntó Charlotte—. Son hermosos. —Emily enfureció al saber que su hermana había leído sus textos privados sin su consentimiento. Sin embargo, cuando se tranquilizó, Charlotte le hizo una propuesta—: ¿Por qué no escribimos un libro de poemas juntas?

Emily y Anne accedieron. Cuando por fin se publicó el libro, sólo se vendieron dos copias. Pero ellas no se dieron por vencidas y siguieron escribiendo en secreto y discutiendo sus textos a la hora de la merienda.

Esta vez, cada una trabajó en una novela distinta. Cuando las novelas se publicaron, fueron un éxito inmediato. La gente de su época no podía creer que hubieran sido escritas por tres muchachas del campo, así que las hermanas tuvieron que viajar a Londres para demostrar que eran las autoras legítimas.

Sus libros han sido traducidos a muchos idiomas y leídos por millones de personas en todo el mundo.

CIRCA 1816 – CIRCA 1855

REINO UNIDO

ILUSTRACIÓN DE
ELISABETTA STOINICH

NO SOY UN ÁNGEL, NI
LO SERÉ HASTA QUE MUERA;
SERÉ YO MISMA.
CHARLOTTE BRONTË

• CATALINA LA GRANDE •

EMPERATRIZ

Había una vez una reina que sentía desprecio por su esposo.

Se llamaba Catalina y su esposo, Pedro, era emperador de Rusia. Los rusos consideraban que el emperador era malvado y arrogante.

Catalina sabía que ella sería mejor gobernante de su patria. Lo único que necesitaba era encontrar la manera de reemplazar a su marido.

Seis meses después de haber sido nombrado emperador, Pedro se tomó unas vacaciones y se fue sin Catalina. Ella vio ahí su oportunidad. Dio un discurso inspirador a los soldados reales y los convenció de ponerse de su lado. Dejaron de ser leales a Pedro para ser leales a Catalina, y un sacerdote la declaró la nueva gobernante de Rusia. Al poco tiempo se mandó hacer una magnífica corona que estuviera a su altura.

Una de las primeras cosas que hizo como emperadora fue mandar arrestar y encarcelar a su esposo.

Los alfareros de la magnífica corona de Catalina tardaron dos meses en terminarla. Estaba hecha de oro y plata, y tenía 4 936 diamantes, setenta y cinco perlas y un enorme rubí hasta arriba.

Durante su reinado, Catalina extendió el Imperio ruso al ganar varias guerras y sofocar revueltas.

Mucha gente la envidiaba por ser una mujer tan poderosa. Decían cosas horribles de ella a sus espaldas mientras estaba viva, y cuando murió empezaron a decir que debió haberse caído por el excusado. De hecho, Catalina murió en su cama y fue enterrada en una suntuosa tumba de oro en la catedral de San Pedro y San Pablo en San Petersburgo.

2 DE MAYO DE 1729 – 17 DE NOVIEMBRE DE 1796

RUSIA

SOY UNA DE ESAS
PERSONAS QUE ADORA
EL PORQUÉ DE LAS COSAS.
CATALINA LA GRANDE

• CHOLITAS ESCALADORAS •

ALPINISTAS

Había una vez una mujer llamada Lidia Huayllas que vivía al pie de una hermosa montaña en Bolivia.

Toda su vida, Lidia y sus amigas habían cocinado para los alpinistas antes de que salieran de los campamentos para escalar la montaña. Lidia los veía ponerse el casco, ajustarse la mochila, atarse bien las botas y llenar sus botellas de agua. Veía sus expresiones de emoción antes de la aventura.

Lidia y las otras mujeres no sabían qué se sentía estar en la cima de una montaña. En cambio, sus maridos y sus hijos sí. Ellos trabajaban como guías y maleteros de los alpinistas, llevaban grupos de escaladores a salvo hasta la cima y los acompañaban de regreso, mientras las mujeres se quedaban en el campo, en el valle.

Un día, Lidia les dijo a sus amigas:

—Subamos la montaña y veámoslo con nuestros propios ojos.

Mientras las mujeres se ponían las botas y los crampones bajo sus características faldas coloridas, llamadas *cholitas*, los hombres se burlaron.

—No pueden ir vestidas con cholitas —les dijeron—. Tienen que usar ropa adecuada para escalar.

—Tonterías —dijo Lidia mientras se ataba el casco—. Podemos ponernos lo que queramos. ¡Somos las cholitas escaladoras!

A pesar de las tormentas de nieve y las intensas ventiscas, Lidia y sus amigas escalaron cima tras cima.

—Somos fuertes. Queremos escalar ocho montañas —decían.

Es probable que, al mismo tiempo que lees su historia, ellas estén ascendiendo entre la nieve, emocionadas de ver el mundo desde una cima diferente, mientras el viento agita sus faldas coloridas.

CIRCA 1968

BOLIVIA

ILUSTRACIÓN DE
SARAH WILKINS

ESTAR EN LA CIMA ES MARAVILLOSO.
ES OTRO MUNDO.
LIDIA HUAYLLAS

CLAUDIA RUGGERINI

PARTISANA

Había una vez una niña que tuvo que cambiarse el nombre.

—¡Hola, Marisa! —le decían sus amigos. Ninguno se imaginaba que su verdadero nombre era Claudia. Era demasiado peligroso llamarla así.

Claudia vivía en una época en la que Italia, su país de origen, era gobernada por un tirano llamado Benito Mussolini. Durante la dictadura de Mussolini, había ciertos libros y películas prohibidos, la gente no podía expresar su opinión y no podía votar.

Claudia creía en la libertad y decidió luchar contra este hombre con todas sus fuerzas, así que se unió a un grupo de partisanos (*partigiani* en italiano) o rebeldes, para ayudar a derrocar al dictador.

El grupo de Claudia estaba conformado por jóvenes universitarios que se reunían en secreto después de clases para sacar su propio periódico. Pero ¿cómo podían difundir su mensaje si la policía de Mussolini estaba en todas partes?

Claudia fue muy valiente. Condujo su bicicleta de una ubicación secreta a otra durante casi dos años para llevar periódicos y mensajes confidenciales. Un día, el régimen finalmente colapsó. La radio nacional anunció que Italia era una nación libre del fascismo y la gente inundó las calles para celebrarlo.

Claudia —o Marisa— tenía una última misión. Con un pequeño grupo de partisanos, entró a las oficinas del periódico nacional italiano *Il Corriere della Sera*, y oficialmente lo liberaron de la censura después de veinte años. Finalmente, podían publicar la verdad, y los amigos de Claudia por fin podían llamarla por su verdadero nombre.

FEBRERO DE 1922 – 4 DE JULIO DE 2016

ITALIA

MÁS FUERTE QUE EL MIEDO
ES EL DESEO DE LUCHAR
POR LA LIBERTAD.
CLAUDIA RUGGERINI

· CLEOPATRA ·

FARAONA

Hace mucho, mucho tiempo, en el antiguo Egipto, el faraón murió y dejó el reino en manos de su hijo de diez años, Ptolomeo XIII, y de su hija de dieciocho años, Cleopatra.

Los dos hermanos tenían ideas muy distintas sobre cómo gobernar el país, a tal grado que Cleopatra fue expulsada del palacio y se desató una Guerra Civil.

Julio César, emperador de Roma, viajó a Egipto para ayudar a Cleopatra y a Ptolomeo a llegar a un acuerdo.

«Si tan sólo pudiera conocer al César antes que mi hermano —pensó Cleopatra—, podría convencerlo de que soy mejor faraona que él».

Pero había sido desterrada del palacio y los guardias reales le prohibirían la entrada. Por lo tanto, Cleopatra les pidió a sus sirvientes que le enrollaran un tapete alrededor del cuerpo y la metieran a escondidas a los aposentos del César. Este, maravillado por la osadía de Cleopatra, la restituyó en el trono. Al poco tiempo, se convirtieron en pareja y tuvieron un hijo. Cleopatra se mudó a Roma con él, pero Julio César fue asesinado, así que ella tuvo que regresar a Egipto.

El nuevo emperador romano, Marco Antonio, había oído muchas historias sobre la osada reina egipcia y ansiaba conocerla. Esta vez, Cleopatra llegó en una barcaza de oro, rodeada de piedras preciosas y mantas de seda.

Fue amor a primera vista.

Cleopatra y Marco Antonio fueron inseparables. Tuvieron tres hijos y se amaron hasta el final de sus días.

Cuando Cleopatra murió, el Imperio egipcio se vino abajo. Ella fue la última faraona del antiguo Egipto.

CIRCA 69 A. C. – 12 DE AGOSTO DE 30 D. C.

EGIPTO

ILUSTRACIÓN DE
KIKI LJUNG

NO ME
VENCERÁN.
CLEOPATRA

• COCO CHANEL •

DISEÑADORA DE MODAS

Había una vez, en la región central de Francia, una niña que vivía en un convento rodeada de monjas vestidas de blanco y negro. Esa niña se llamaba Gabrielle Chanel.

En el convento, las niñas aprendían a coser, pero no había telas de muchos colores. Usaban el mismo material que las monjas para sus prendas, así que también vestían a sus muñecas de blanco y negro.

Cuando creció, Gabrielle consiguió trabajo como costurera de día y cantante de noche. Los soldados para los que cantaba en el bar la llamaban Coco, apodo que conservaría por el resto de su vida.

Coco soñaba con tener su propia *boutique* en París. Un día, un amigo acaudalado le prestó suficiente dinero para hacer sus sueños realidad.

Las prendas que diseñaba Coco eran hermosas, aun si la tela era de color liso.

—¿En dónde compraste eso? —le preguntaban las elegantes damas parisinas.

—Lo hice yo —contestaba Coco—. Si vienes a mi *boutique*, puedo hacerte uno también.

El negocio prosperó rápidamente y Coco tuvo suficiente para pagarle la deuda a su amigo. Su diseño más exitoso fue el clásico «vestidito negro». Coco transformó el color que siempre se había asociado con los funerales en algo perfecto para una elegante salida de noche.

La forma de muchas de las prendas que usamos hoy en día están inspiradas en los diseños de Coco Chanel, la diseñadora que empezó su carrera haciendo vestidos para sus muñecas con los retazos de las faldas de las monjas.

---

19 DE AGOSTO DE 1883 – 10 DE ENERO DE 1971

FRANCIA

ALGUNAS PERSONAS
CREEN QUE EL LUJO
ES LO CONTRARIO
A LA POBREZA. PERO
ES FALSO. EL LUJO ES
LO OPUESTO A LA
VULGARIDAD.

COCO CHANEL

• CORA CORALINA •

POETISA Y REPOSTERA

Había una vez una niñita llamada Cora que vivía en una casa sobre un puente y sabía que había nacido para ser poetisa.

Sin embargo, su familia no estaba de acuerdo. No querían que leyera libros ni querían enviarla a estudiar el bachillerato. Creían que la responsabilidad de Cora era conseguir un buen marido y criar una familia.

Cuando creció, Cora se enamoró de un hombre con el que se casó. Se mudó con él a la gran ciudad y tuvieron cuatro hijos. Cora aceptó toda clase de trabajos para asegurarse de que sus hijos pudieran ir a la escuela.

La vida de Cora era agitada, pero nunca se olvidó de que había nacido para ser poetisa. Por lo tanto, todos los días se sentaba a escribir.

A los sesenta años, volvió a vivir en la casa sobre el puente. Decidió que era hora de iniciar su carrera como poetisa. Como todavía necesitaba dinero, empezó a hornear pasteles para venderlos afuera de su casa junto con sus poemas.

Otros poetas y escritores empezaron a alabar la poesía de Cora. Ganó premios y medallas y, cuando cumplió setenta y cinco años, publicó su primer libro.

Periodistas de todo el mundo la visitaban para entrevistarla mientras ella horneaba. Cuando se iban, ella regresaba a su escritorio y se ponía a escribir de nuevo, rodeada de los exquisitos aromas de tartas, galletas y pasteles.

20 DE AGOSTO DE 1889 – 10 DE ABRIL DE 1985

BRASIL

YO SOY AQUELLA MUJER
QUE ESCALÓ LA MONTAÑA
DE LA VIDA, REMOVIENDO
PIEDRAS Y PLANTANDO FLORES.
CORA CORALINA

ILUSTRACIÓN DE
ELENIA BERETTA

• COY MATHIS •

ALUMNA DE PRIMARIA

Un día nació un niñito al que sus padres llamaron Coy. A Coy le encantaban los vestidos, el color rosa y los zapatos brillantes.

Coy quería que sus padres lo vistieran «de niña», pues no le gustaba usar ropa para niños. Su mamá y su papá accedieron y dejaron a Coy usar lo que quisiera.

Una noche, Coy le preguntó a su mamá:

—¿Cuándo me llevarás al doctor para que me vuelva una niña-niña?

El doctor les explicó la situación.

—Por lo regular, los niños se sienten bien siendo niños y las niñas se sienten bien siendo niñas. Pero hay algunos niños que se sienten niñas y niñas que se sienten niños. Se llaman transgénero. Y Coy es una niña transgénero. Nació en un cuerpo que pensaríamos que es de niño, pero en el fondo Coy sabe que ella es niña, por lo que debemos permitirle que lo sea.

A partir de entonces, la mamá y el papá de Coy les pidieron a todos que trataran a Coy como niña. Sin embargo, cuando empezó a ir a la escuela, surgió un problema inesperado.

—Coy tiene que usar el baño de niños o de discapacitados —dijeron sus maestros.

—¡Pero no soy un niño! —lloraba Coy—. ¡No soy discapacitado! ¡Soy una niña!

Los padres de Coy hablaron con una jueza al respecto. La jueza lo pensó y finalmente declaró:

—Se le debe permitir a Coy usar el baño que ella quiera.

Coy y sus padres armaron una gran fiesta para celebrarlo. Comieron pastel rosa y Coy usó un vestido rosa brillante y hermosas zapatillas rosas.

CIRCA 2007

ESTADOS UNIDOS DE AMÉRICA

QUIERO IR A LA ESCUELA.
EN EL RECREO SIEMPRE
JUGAMOS.
COY MATHIS

EUFROSINA CRUZ

ACTIVISTA Y POLÍTICA

Había una vez una pequeña niña mexicana que odiaba hacer tortillas. Cuando su padre le dijo que las mujeres sólo servían para hacer tortillas e hijos, ella rompió en llanto y juró que le demostraría que estaba equivocado.

—Puedes irte de esta casa, pero no esperes que te dé un solo centavo —le dijo su padre.

Eufrosina empezó a vender chicles y frutas en las calles para pagar sus estudios. Obtuvo un título de contadora y volvió a casa a trabajar como profesora. Comenzó a darles clases a niñas indígenas como ella para ayudarlas a encontrar la fuerza y los recursos para emprender su propio camino en la vida.

Un día decidió postularse como presidenta municipal de su pueblo. Ganó muchos votos, pero los hombres de la comunidad anularon la elección.

«¿Una mujer presidenta? Es ridículo», decían.

Furiosa, Eufrosina empezó a trabajar más duro aún. Fundó una organización llamada Quiego para ayudar a las mujeres indígenas a luchar por sus derechos. Su símbolo es el lirio blanco.

—Adonde vaya, llevo conmigo esta flor para recordarle a la gente que las mujeres indígenas somos así: naturales, hermosas y fuertes.

Unos años después, Eufrosina se convirtió en la primera mujer indígena en ser elegida presidenta del Congreso estatal. Cuando la primera dama de México fue a visitarla, Eufrosina caminó del brazo con ella frente a la población local. Con eso, le demostró a su padre —y al mundo entero— que no hay nada que una indígena mexicana fuerte no pueda hacer.

NACIÓ EL 1 DE ENERO DE 1979

MÉXICO

CUANDO UNA MUJER
DECIDE CAMBIAR,
TODO A SU ALREDEDOR
TAMBIÉN CAMBIA.
EUFROSINA CRUZ

ILUSTRACIÓN DE
PAOLA ROLLO

• EVITA PERÓN •

POLÍTICA

Había una vez una hermosa niñita argentina llamada Eva que soñaba con convertirse en una actriz y estrella de cine famosa para escapar de la pobreza.

Cuando tenía apenas quince años, Eva se mudó a la gran ciudad de Buenos Aires para cumplir su sueño. Con su talento, belleza y determinación, no tardó en convertirse en una afamada actriz de teatro y de radio. Pero Eva quería más. Quería ayudar a personas menos afortunadas que ella.

Una noche, en una fiesta, conoció al coronel Juan Perón, que era un político poderoso. Se enamoraron y al poco tiempo se casaron.

Un año después, cuando Juan Perón fue electo presidente de Argentina, Eva de inmediato empezó a ser conocida por su apelativo afectuoso: Evita. La gente adoraba su pasión y su compromiso con los pobres. Evita también luchó por los derechos de las mujeres y las ayudó a obtener el derecho de votar.

Se convirtió en una figura tan legendaria que le pidieron que se postulara a la vicepresidencia para ayudar a gobernar a su esposo. Aunque era adorada por los pobres, los ricos y poderosos se sentían amenazados por su carisma y su poder.

—No pueden lidiar con una mujer joven y exitosa —decía Evita.

Después de descubrir que padecía una enfermedad grave, decidió no postularse, aunque sí ayudó a su esposo a ganar la presidencia por segunda vez. Unos cuantos meses después, cuando Evita murió, la noticia se difundió en la radio nacional: «Hemos perdido a la lideresa espiritual de nuestra nación».

7 DE MAYO DE 1919 – 26 DE JULIO DE 1952

ARGENTINA

ILUSTRACIÓN DE
CRISTINA AMODEO

¡HAY QUE QUERER! ¡USTEDES
TIENEN EL DEBER DE PEDIR!
¡APRENDAN A DESEAR!
EVITA PERÓN

• FADUMO DAYIB •

POLÍTICA

Había una vez una niñita que pasó su infancia intentando huir de la guerra. Fadumo y su familia tenían que ir siempre un paso adelante del conflicto armado, por lo que la pequeña Fadumo no podía ir a la escuela. Por lo tanto, aprendió a leer y escribir hasta los catorce años.

Un día, su mamá le dijo:

—Debes irte del país. ¡Llévate a tu hermano y a tu hermana, y váyanse!

Fadumo sabía que su mamá tenía razón. La zona de guerra somalí era uno de los lugares más peligrosos del mundo para los niños.

Cuando por fin llegaron a Finlandia, empezaron a hacer todas las cosas que los niños pueden hacer cuando viven en naciones pacíficas y democráticas. Tenían un hogar y camas propias, así como comida todos los días. Podían jugar e ir a la escuela. Nunca los golpeaban y podían ver a un médico si se enfermaban.

Pero Fadumo nunca olvidó Somalia.

Ella quería aprender tanto como pudiera y volver a su país para ayudar a su gente a recuperar la paz y la libertad. Después de estudiar una maestría, dejó a su familia en Finlandia y empezó a trabajar con la ONU para construir hospitales en toda Somalia.

—Tengo que estar ahí —le dijo a su esposo.

Hoy en día, Fadumo es la primera candidata presidencial de Somalia. Nunca antes una mujer se había postulado como presidenta porque es sumamente peligroso. Pero Fadumo no tiene dudas al respecto.

—Mi mamá solía decirme: «Tienes todas las posibilidades del mundo en la palma de tus manos». Y es verdad.

NACIÓ EN 1973

SOMALIA

ILUSTRACIÓN DE
LEA HEINRICH

NO SEGUIREMOS NEGOCIANDO
NUESTRA PROPIA EXISTENCIA.
FADUMO DAYIB

FLORENCE NIGHTINGALE

ENFERMERA

Había una vez una pareja inglesa que estaba viajando por Italia cuando dio a luz a una niña. Decidieron ponerle a la niña el nombre de la hermosa ciudad en la que nació, así que la llamaron Florence.

A Florence le encantaba viajar, amaba las matemáticas y la ciencia, y le fascinaba almacenar información. Siempre que viajaba a un lugar nuevo, anotaba cuántas personas vivían ahí, cuántos hospitales había y qué tan grande era la ciudad.

A Florence le encantaban los números.

Cuando creció, estudió enfermería y se volvió tan buena que el gobierno la envió a dirigir un hospital para soldados heridos en Turquía.

Tan pronto llegó ahí, comenzó a recopilar y examinar toda la información que pudo reunir. Descubrió que la mayoría de los soldados no morían por culpa de las heridas, sino por las infecciones y enfermedades que contraían en el hospital.

—Lo primero que se necesita en cualquier hospital es no hacer más daño al enfermo —decía.

Se aseguró de que todos los que trabajaban ahí se lavaran las manos con frecuencia y mantuvieran todo limpio. Por las noches, llevaba consigo una lámpara cuando visitaba a los pacientes, y hablaba con ellos para infundirles esperanza.

Gracias a ella, muchos soldados volvieron a salvo a casa, y por eso comenzó a ser conocida como la Dama de la Lámpara.

12 DE MAYO DE 1820 – 13 DE AGOSTO DE 1910

REINO UNIDO

LE ATRIBUYO MI ÉXITO
A QUE NUNCA DI NI ACEPTÉ
NINGUNA EXCUSA.
FLORENCE NIGHTINGALE

• FRIDA KAHLO •

PINTORA

Había una vez una niñita llamada Frida que vivía en una casa azul brillante en la Ciudad de México. Al crecer se convertiría en una de las artistas más famosas del siglo XX, aunque por varias razones estuvo a punto de no llegar a ser adulta.

Cuando tenía seis años casi muere de polio. La enfermedad le dejó una cojera permanente, pero eso no le impedía jugar, nadar y pelear como el resto de los niños.

Luego, a los dieciocho años, sufrió un terrible accidente de autobús en el que otra vez estuvo a punto de morir. Y de nuevo pasó varios meses en cama. Su madre le armó un caballete especial para que pudiera pintar recostada, pues Frida adoraba pintar más que cualquier otra cosa en el mundo.

Tan pronto pudo volver a caminar, fue a visitar al artista más famoso de México: Diego Rivera.

—¿Crees que mis pinturas son buenas? —le preguntó. Sus pinturas eran increíbles: audaces, brillantes y hermosas. Diego se enamoró de sus pinturas, y luego se enamoró de ella.

Diego y Frida se casaron. Él era un hombre alto y robusto que usaba un sombrero de ala ancha. Ella se veía diminuta a su lado, por lo que la gente los llamaba el Elefante y la Paloma.

Frida pintó cientos de hermosos autorretratos a lo largo de su vida en los que aparecía rodeada de las aves y los animales que tenía como mascotas. La casa azul brillante en la que vivía sigue existiendo, tal y como ella la dejó, llena de color, alegría y flores.

6 DE JULIO DE 1907 – 13 DE JULIO DE 1954

MÉXICO

PIES, ¿PARA QUÉ LOS QUIERO
SI TENGO ALAS PARA VOLAR?
FRIDA KAHLO

· GRACE HOPPER ·

CIENTÍFICA COMPUTACIONAL

Había una vez una niñita llamada Grace que quería entender cómo funcionaban los relojes despertadores, así que empezó a desarmar todos los relojes que se cruzaron por su camino. Primero uno, luego otro, y luego otro más… Para cuando llegó al séptimo, su mamá se dio cuenta de que ya no quedaban más relojes en casa y le pidió que se detuviera.

Grace siguió investigando todos los aparatos que le parecían interesantes. Con el tiempo, se convirtió en profesora de Matemáticas y Física. Durante la Segunda Guerra Mundial, se unió a la Marina, inspirada por su abuelo, que había sido almirante.

Una vez ahí, le asignaron un proyecto muy especial.

—Ven a conocer a Mark —le dijeron.

Al entrar a la habitación, Grace descubrió que «Mark» no era una persona, ¡sino la primera computadora! Se llamaba Mark I y ocupaba toda la habitación. Como era la primera, nadie sabía bien cómo usarla. Por lo tanto, Grace empezó a examinarla. Requirió mucho esfuerzo pero, gracias a los programas que Grace creó para la Mark I y sus sucesoras, las fuerzas armadas estadounidenses pudieron decodificar mensajes secretos de sus enemigos durante la guerra.

Grace intentó jubilarse más de una vez, pero siempre le pedían que regresara debido a su extraordinaria pericia. Con el tiempo, llegó a ser nombrada almirante, igual que su abuelo.

Durante toda su vida, Grace se fue a dormir temprano y se levantaba a las 5 a.m. a programar. Nunca dejó de ser una mujer curiosa, y su increíble labor le demostró al mundo de qué son capaces las computadoras.

9 DE DICIEMBRE DE 1906 – 1 DE ENERO DE 1992

ESTADOS UNIDOS DE AMÉRICA

ILUSTRACIÓN DE
KIKI LJUNG

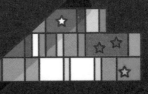

HOPPE

SI ES UNA BUENA IDEA, NO TE
DETENGAS Y EMPRÉNDELA.
GRACE HOPPER

GRACE O'MALLEY

PIRATA

Hace muchos años, en una pequeña isla boscosa, vivía una niña pelirroja de larga cabellera que se llamaba Grace.

Cuando el viento soplaba y las olas rompían contra los peñascos, Grace se paraba en la cima del acantilado y soñaba con navegar por los mares tempestuosos.

—Las mujeres no pueden ser navegantes —le dijo su padre—. Además, tu larga cabellera se enredaría en el cordaje.

Grace no estaba de acuerdo. Se cortó el cabello y se vistió con ropa de niño para demostrarle a su familia que podía emprender la vida marítima. Finalmente, un día su padre aceptó llevarla a navegar, pero con una condición.

—Si nos enfrentamos a un barco pirata, te esconderás detrás de la cubierta.

Sin embargo, cuando los atacaron, Grace saltó desde el cordaje y cayó en la espalda de uno de los piratas. Su ataque sorpresa funcionó y gracias a eso derrotaron a los piratas.

Grace era una excelente navegante, pero quería hacer algo más emocionante que sólo pescar. Cuando los ingleses atacaron su castillo, decidió convertirse en pirata antes que someterse al régimen inglés. Grace tuvo tanto éxito que pronto tuvo su propia flota, así como varias islas y castillos en la costa oeste de Irlanda.

Cuando los ingleses capturaron a sus hijos, Grace se hizo a la mar para encontrarse con Isabel I, reina de Inglaterra. Para sorpresa de todos, la reina y Grace se hicieron amigas. La reina le devolvió a sus hijos y sus posesiones, y Grace la ayudó a combatir a los españoles, que en ese entonces eran enemigos de los ingleses.

CIRCA 1530 – CIRCA 1603

IRLANDA

SOY LA REINA DE LOS MARES.
GRACE O'MALLEY

HARRIET TUBMAN

DEFENSORA DE LA LIBERTAD

Un día, una niñita estaba parada afuera de una tienda de comestibles cuando vio pasar a un hombre corriendo frente a ella. El hombre era perseguido por un hombre blanco que gritaba:

—¡Deténganlo! ¡Es mi esclavo!

La niñita no hizo nada para detenerlo. Se llamaba Harriet, tenía doce años y ella también era esclava. Harriet esperaba que el hombre lograra escapar. Tenía ganas de ayudarlo.

El perseguidor le lanzó un objeto de hierro al fugitivo, pero falló y golpeó a Harriet en la cabeza. La herida fue grave, pero su gruesa cabellera amortiguó el golpe lo suficiente para salvarle la vida.

—Mi cabello nunca había sido peinado —relataba—. Así que parecía un canasto de paja.

Unos años después, la familia a la cual pertenecía la puso en venta, así que Harriet aprovechó la oportunidad para escapar. Se ocultaba durante el día y viajaba de noche. Cuando cruzó la frontera con Pensilvania, se dio cuenta de que por primera vez en su vida era libre.

—Me miré las manos para ver si seguía siendo la misma persona ahora que era libre. Todo era tan glorioso que me sentí en el cielo.

Pensó en aquel esclavo fugitivo y en su propia familia, que seguía esclavizada en Maryland, y decidió ayudarlos. Durante los siguientes once años, volvió diecinueve veces a Maryland y rescató a cientos de esclavos.

Nunca la capturaron y jamás perdió a una sola persona.

CIRCA 1822 – 10 DE MARZO DE 1913

ESTADOS UNIDOS DE AMÉRICA

ILUSTRACIÓN DE
SALLY NIXON

LE ROGUÉ A DIOS QUE ME HICIERA
FUERTE Y CAPAZ DE LUCHAR.
Y ESO ES LO QUE LE HE SEGUIDO
ROGANDO DESDE ENTONCES.
HARRIET TUBMAN

· HATSHEPSUT ·

FARAONA

Mucho tiempo antes que Cleopatra, una mujer gobernó Egipto durante veinticinco años. Se llamaba Hatshepsut y fue la primera faraona.

En esos tiempos, la idea de que una mujer fuera faraona era tan extraña que Hatshepsut tenía que comportarse como hombre para convencer a los egipcios de que era su lideresa legítima. Se proclamó a sí misma *rey* en lugar de *reina* y eliminó el sufijo femenino de su nombre, además de usar ropa de hombre e incluso ponerse a veces una barba falsa.

Hatshepsut reinó más y mejor que cualquier otro faraón en la historia de Egipto. Sin embargo, para muchos no fue suficiente. Veinte años después de su muerte, alguien intentó borrarla de la historia. Destruyeron sus estatuas y borraron su nombre de todo registro.

¿Por qué? Porque la idea de una faraona asustaba a la gente. ¿Y si su éxito inspiraba a otras mujeres a tomar el poder?

Por fortuna, no es tan fácil borrar el recuerdo de alguien que ha quedado inmortalizada en piedra.

Quedaron suficientes rastros de su vida y obra que les han permitido a los arqueólogos modernos recomponer su historia.

La momia de Hatshepsut, envuelta en lino y perfumada con resinas, fue extraída de su tumba original y escondida, pero años después fue encontrada en el Valle de los Reyes.

CIRCA 1508 A. C. – *CIRCA* 1458 A. C.

EGIPTO

HE RESTAURADO AQUELLO
QUE ESTABA EN RUINAS.
HE LEVANTADO AQUELLO
QUE HABÍA SIDO DESTRUIDO.
HATSHEPSUT

HELEN KELLER

ACTIVISTA

Había una vez una niñita llamada Helen que sufrió una fiebre tan terrible que quedó sorda y ciega a la vez. Helen se sentía tan frustrada que pasaba sus días tirada en el suelo, gritando y pataleando.

Su mamá decidió entonces llevarla a una escuela especial para ciegos. Una talentosa y joven maestra de nombre Anne Sullivan conoció a Helen e intentó enseñarle a hablar.

Pero ¿cómo aprender la palabra *muñeca* si no puedes ver tu juguete favorito? ¿Cómo decir *agua* si nunca has oído a alguien hablar?

Anne se dio cuenta de que debía usar el sentido del tacto de Helen. Sostenía sus dedos bajo el agua corriente mientras le escribía la palabra *agua* en la mano. Luego le escribía la palabra *muñeca* mientras Helen abrazaba su muñeca favorita. Con el tiempo, Helen fue entendiendo que las distintas palabras nombraban diferentes cosas.

Con los dedos sobre los labios de Anne, Helen empezó a sentir las vibraciones que producían esas palabras al ser emitidas, y poco a poco fue aprendiendo a producirlas ella también. Con el tiempo logró hablar por primera vez en su vida.

También aprendió a leer en braille pasando los dedos por encima de los puntos sobresalientes, e incluso estudió varios idiomas como francés, alemán, latín y griego.

Helen comenzó a dar discursos en público para defender los derechos de las personas con discapacidades. Viajó por todo el mundo en compañía de su increíble profesora y su amado perro. No necesitaba palabras para decirles lo que sentía. Bastaba con que les diera un fuerte abrazo afectuoso.

27 DE JUNIO DE 1880 – 1 DE JUNIO DE 1968

ESTADOS UNIDOS DE AMÉRICA

ILUSTRACIÓN DE
MONICA GARWOOD

LO MEJOR Y LO MÁS HERMOSO
DE ESTA VIDA NO PUEDE VERSE
NI TOCARSE; DEBE SENTIRSE
CON EL CORAZÓN.
HELEN KELLER

HILLARY RODHAM CLINTON

CANDIDATA PRESIDENCIAL

Hubo una época en la que sólo los varones podían ser lo que desearan: beisbolistas, doctores, jueces, policías, presidentes.

En esa época, nació en Illinois una niña llamada Hillary.

Hillary era una nena rubia y valiente, de gafas gruesas y curiosidad infinita. Quería salir a explorar el mundo, pero les tenía miedo a los niños groseros de su vecindario que se burlaban de ella y le ponían apodos.

Un día, su mamá la vio escondida en la casa y habló con ella.

—Tienes que salir y enfrentarlos, Hillary. De otro modo, los bravucones ganarán sin dar pelea.

Así que Hillary salió al mundo. Aprendió a combatir a los bravucones y pronto descubrió que también había otras personas luchando: gente de color peleando contra el racismo, madres solteras esforzándose por criar a sus hijos. Hillary escuchó sus historias y buscó la manera de ayudarlas.

Decidió que la mejor forma de defender la justicia era entrando a la política. Dado que muchas personas en Estados Unidos no estaban familiarizadas con que hubiera mujeres en la política, la criticaron por las razones más tontas, como su cabello, su tono de voz o su ropa. Intentaron ahuyentarla por todos los medios, pero Hillary ya sabía cómo lidiar con los bravucones, así que los enfrentó a todos.

Hillary se convirtió en la primera mujer en ser nominada a la presidencia de Estados Unidos como representante de uno de los mayores partidos.

Hubo una época en la que las niñas no podían ser lo que deseaban, pero esa época se ha terminado.

NACIÓ EL 26 DE OCTUBRE DE 1947

ESTADOS UNIDOS DE AMÉRICA

ILUSTRACIÓN DE
JUSTINE LECOUFFE

A TODAS LAS NIÑAS CON GRANDES
SUEÑOS LES DIGO: SÍ, PUEDEN
CONVERTIRSE EN LO QUE QUIERAN,
HASTA EN PRESIDENTAS.
HILLARY RODHAM CLINTON

· HIPATIA ·

MATEMÁTICA Y FILÓSOFA

Hace muchos, muchos años, en la antigua ciudad egipcia de Alejandría, había una enorme biblioteca. Era la biblioteca más grande del mundo, pero adentro no había libros ni papel. La gente escribía sobre papiros (que eran hojas hechas de una planta) y los enrollaban en pergaminos, en lugar de tener libros como en la actualidad. En esa antigua biblioteca había miles de pergaminos, cada uno escrito a mano por un escriba y guardado con cuidado en una repisa.

En la biblioteca de Alejandría, un padre y su hija se sentaban juntos a estudiar los pergaminos. Sus temas favoritos eran la filosofía, las matemáticas y las ciencias.

Ese padre y su hija se llamaban Teón e Hipatia.

Hipatia resolvía ecuaciones y proponía teorías geométricas y aritméticas. Le gustaba tanto estudiar que al poco tiempo empezó a escribir sus propios libros (o más bien pergaminos). Construyó un instrumento al que llamó *astrolabio*, el cual servía para calcular la posición del sol, la luna y las estrellas en cualquier momento determinado.

Hipatia impartía unas clases de astronomía tan populares que los alumnos y otros profesores se sentaban a su alrededor para escucharla hablar. Hipatia se negaba a usar ropa tradicional de mujer e impartía sus clases con túnica, como el resto de los maestros. Por desgracia, cuando la biblioteca de Alejandría se incendió, todas las obras de Hipatia se perdieron. Sin embargo, sus estudiantes escribieron sobre ella y sus brillantes ideas, y gracias a eso hemos aprendido sobre esta erudita de Alejandría.

CIRCA 370 – 8 DE MARZO DE 415

GRECIA

ILUSTRACIÓN DE
RIIKKA SORMUNEN

DEFIENDE TU DERECHO
A PENSAR, PORQUE INCLUSO
PENSAR DE MANERA ERRÓNEA
ES MEJOR QUE NO PENSAR.

HIPATIA

• I R E N A S E N D L E R O W A •

HEROÍNA DE GUERRA

Había una vez una niñita polaca llamada Irena que adoraba a su papá. Sin embargo, un día se desató una terrible epidemia de tifus en Varsovia, la ciudad en la que vivían. El padre de Irena era un valiente médico que podría haberse alejado de los enfermos para no arriesgarse, pero prefirió estar con ellos y cuidarlos hasta que él también contrajo la enfermedad.

Antes de morir, habló con su hija.

—Irena, si ves a alguien ahogándose, debes aventarte e intentar salvarlo.

Irena atesoró las palabras de su papá y, cuando los nazis empezaron a perseguir a los judíos en Polonia, decidió ayudar a las familias judías a salvar a sus hijos.

Les dio a los niños nombres cristianos y encontró familias cristianas que los mantuvieran a salvo. Escribía los nombres verdaderos y los nombres nuevos en pequeños trozos de papel que enrollaba y escondía en frascos de mermelada. Luego, enterraba los frascos en el jardín de un amigo, debajo de un gran árbol.

A veces, los niños más pequeños lloraban cuando Irena se los llevaba. Para distraer a los guardias nazis y disimular el llanto, Irena entrenó a su perro para que ladrara cuando ella se lo indicara.

Ocultaba a los niños en sacos, en bolsos llenos de ropa, en cajas y hasta en féretros. En tres meses, salvó a dos mil quinientos niños y niñas.

Después de la guerra, desenterró los frascos de mermelada y reunió a muchos de ellos con sus verdaderas familias.

15 DE FEBRERO DE 1910 – 12 DE MAYO DE 2008

POLONIA

ILUSTRACIÓN DE
ZOSIA DZIERŻAWSKA

DE NIÑA ME ENSEÑARON QUE SI ALGUIEN
SE ESTABA AHOGANDO, HABÍA QUE
RESCATARLO, SIN IMPORTAR SU RELIGIÓN
O NACIONALIDAD.
IRENA SENDLEROWA

· ISABEL I ·

REINA

Había una vez un rey que estaba empeñado en tener un hijo varón al cual dejarle su reino.

Cuando su esposa dio a luz a una niña, el rey Enrique VIII estaba tan furioso que dejó a su esposa, mandó a la niña lejos y se casó con otra mujer. Él creía que sólo un hombre podría gobernar el país después de su muerte, por lo que fue una gran noticia que su nueva esposa diera a luz un niño: Eduardo.

Isabel, la hija de Enrique, creció siendo una niña brillante y alegre, con su larga cabellera pelirroja y su temperamento feroz.

Eduardo, en cambio, tenía apenas nueve años cuando murió su padre y fue nombrado rey. A los pocos años, él también enfermó y murió, y su hermana mayor, María, tomó el trono. María creía que Isabel estaba conspirando en su contra, así que la encerró en la Torre de Londres.

Un día, los guardias de la torre irrumpieron en la celda de Isabel.

«¡La reina ha muerto!», anunciaron, y cayeron de rodillas frente a ella.

Isabel pasó al instante de ser prisionera en la Torre a ser la nueva reina de su país.

La corte de Isabel les abrió las puertas a músicos, poetas, pintores y dramaturgos. El más famoso de ellos fue William Shakespeare, cuyas obras adoraba Isabel. La reina usaba vestidos suntuosos, hechos con perlas y encaje. Nunca se casó, pues apreciaba su independencia tanto como la de su país.

Su gente la quiso mucho y, cuando murió, los londinenses salieron a las calles para llorar por la mejor reina que habían tenido jamás.

7 DE SEPTIEMBRE DE 1533 – 24 DE MARZO DE 1603

REINO UNIDO

ILUSTRACIÓN DE
ANA GALVAÑ

UNA CONCIENCIA
LIMPIA E INOCENTE NO
LE TEME A NADA.
ISABEL I

• ISABEL ALLENDE •

ESCRITORA

Hace no mucho tiempo vivía en Chile una apasionada joven llamada Isabel.

Isabel protestaba cada vez que la trataban de manera distinta por ser mujer. Cuando alguien le decía que no podía hacer algo «por ser niña», su corazón ardía de indignación.

A Isabel le encantaba escribir y le fascinaban la gente y sus historias de vida, por lo que decidió convertirse en periodista.

Un día entrevistó a un famoso poeta chileno llamado Pablo Neruda.

—Tienes una imaginación muy vívida. Deberías escribir novelas en lugar de artículos periodísticos —le dijo el poeta.

Años después, Isabel recibió una noticia muy triste: su abuelo estaba muriendo. Ella estaba lejos de casa, en Venezuela, y no podía volver a Chile a visitarlo, así que decidió escribirle una carta.

Una vez que empezó a escribir, se dio cuenta de que no podía parar. Escribió sobre su familia, sobre gente viva y gente muerta. Contó historias de amor apasionadas. Escribió acerca de un cruel dictador, un terrible terremoto, poderes sobrenaturales y fantasmas.

La carta era tan larga que se convirtió en novela.

La casa de los espíritus fue un gran éxito de ventas que convirtió a Isabel en una de las novelistas más famosas de nuestros tiempos. Desde entonces ha escrito veinte libros más y ha ganado más de cincuenta premios literarios.

NACIÓ EL 2 DE AGOSTO DE 1942

CHILE

ILUSTRACIÓN DE
PAOLA ROLLO

ESCRIBE LO QUE
NO DEBA SER
OLVIDADO.
ISABEL ALLENDE

JACQUOTTE DELAHAYE

PIRATA

Había una vez una niña haitiana con el cabello rojo como el fuego. Su nombre era Jacquotte.

La madre de Jacquotte falleció mientras daba a luz a su hermano menor. Al poco tiempo también murió su padre, y Jacquotte tuvo que encontrar la forma de cuidar de ella y de su hermano. Así que decidió volverse pirata.

Jacquotte se volvió la lideresa de una pandilla de cien piratas. Cuando estaban juntos en el mar, comían carne ahumada, jugaban juegos de azar, echaban pólvora a los cañones y robaban barcos españoles. Ella incluso tenía una isla secreta en donde vivía con sus piratas.

Sin embargo, Jacquotte también tenía muchos enemigos: tanto el gobierno como los bucaneros rivales iban tras ella. Para escapar, decidió fingir su propia muerte y esconderse. Se cambió el nombre y se vistió como hombre, pero el engaño fue descubierto pronto. ¡Nadie tenía una cabellera roja tan brillante! Al poco tiempo regresó a la piratería y se ganó el apodo de La que Volvió de la Muerte Roja.

Jacquotte tenía una amiga que también era pirata. Se llamaba Anne Dieu-le-Veut, estaba casada y tenía dos hijos. Después de que su esposo murió en una pelea, tomó el control de su barco y unió fuerzas con Jacquotte.

Eran dos de las piratas más temidas del Caribe. Sus historias se convirtieron en leyendas que se contaban hombres y mujeres piratas entre sí, mientras ellas yacían tumbadas en sus hamacas, bajo las estrellas, mecidas por las olas, soñando con las aventuras que les esperaban al amanecer.

CIRCA 1640 – CIRCA 1660

HAITÍ

ILUSTRACIÓN DE
RITA PETRUCCIOLI

NO PUEDO AMAR
A UN HOMBRE QUE ME
MANDE, COMO TAMPOCO
PUEDO AMAR A QUIEN
SE DEJE MANDAR POR MÍ.
JACQUOTTE DELAHAYE

JANE AUSTEN

ESCRITORA

Había una vez una niña que vivía en la campiña inglesa y amaba los libros más que cualquier otra cosa en el mundo. Su actividad favorita era acurrucarse en un sofá de la biblioteca de su padre con la nariz metida en un libro. Se involucraba tanto en las historias que hasta discutía con los personajes, como si estos pudieran contestarle.

Jane y sus siete hermanos y hermanas montaban obras de teatro y farsas para entretenerse y divertir a sus padres. Desde muy pequeña, Jane comenzó a escribir sus propias historias, las cuales solía leerle a su hermana Cassandra para hacerla reír. Los textos de Jane eran como ella: brillantes, creativos, ingeniosos y ocurrentes. Para ella, cada detalle era esencial: cómo reñían las parejas, cómo caminaba un hombre, de qué conversaban las damas entre sí…; todas eran claves que revelaban la personalidad de la gente. Jane anotaba todo en sus cuadernos para usarlo en sus novelas.

En esa época, se esperaba que las muchachas se casaran al crecer, pero Jane no quería casarse, así que nunca lo hizo.

«¡Oh, Elizabeth! Haz cualquier cosa menos casarte sin amor», escribió en una de sus novelas.

Jane Austen se convirtió en una de las escritoras más famosas en la historia de la literatura inglesa. Todavía es posible visitar la hermosa cabaña en la que solía sentarse a escribir en un pequeño escritorio y asomarse por la ventana para mirar su jardín de flores.

16 DE DICIEMBRE DE 1775 – 18 DE JULIO DE 1817

REINO UNIDO

ILUSTRACIÓN DE
SOPHIA MARTINECK

¡AY! NO HAY
MAYOR COMODIDAD
QUE QUEDARSE EN CASA.
JANE AUSTEN

JANE GOODALL

PRIMATÓLOGA

Había una vez una niña inglesa a la que le encantaba treparse a los árboles y leer libros.

Su sueño era viajar a África y pasar tiempo con los animales salvajes de ese continente. Por lo tanto, un día voló a Tanzania con su cuaderno y sus binoculares, decidida a estudiar a los chimpancés en su hábitat natural.

Al principio le resultó difícil acercarse a ellos. Los chimpancés salían corriendo tan pronto la veían. Pero ella siguió visitando el mismo lugar todos los días a la misma hora. Con el tiempo, los monos le permitieron irse acercando.

Pero para Jane no era suficiente acercarse a ellos: quería ser su amiga. Por lo tanto, formó el «club de la banana». Cada vez que visitaba a los chimpancés, compartía bananas con ellos.

En esa época, se sabía muy poco sobre los chimpancés. Algunos científicos los estudiaban de lejos, con ayuda de binoculares, y otros los enjaulaban para conocerlos mejor.

A diferencia de ellos, Jane pasó horas y horas rodeada de chimpancés. Intentaba hablarles a través de gruñidos y chillidos. Se trepaba a los árboles y comía lo mismo que ellos. Descubrió entonces que los monos tienen rituales, usan herramientas y su lenguaje comprende al menos veinte sonidos distintos.

Incluso se dio cuenta de que no eran vegetarianos. Una vez rescató a un chimpancé y lo cuidó hasta que sanó. Cuando lo regresó a su hábitat natural, él se dio la vuelta y le dio un largo abrazo afectuoso, como diciéndole: «Gracias y adiós».

NACIÓ EL 3 DE ABRIL DE 1934

REINO UNIDO

SÓLO SI ENTENDEMOS,
NOS PUEDE IMPORTAR. SÓLO
SI NOS IMPORTA, PODEMOS
AYUDAR. SÓLO SI AYUDAMOS,
ELLOS SE SALVARÁN.
JANE GOODALL

JESSICA WATSON

NAVEGANTE

Había una vez una niña llamada Jessica que le tenía miedo al agua.

Una mañana de verano, Jessica estaba jugando con su hermana y sus primas en la piscina. De repente, las otras niñas se alinearon en la orilla, se tomaron de las manos y se prepararon para zambullirse juntas.

La mamá de Jessica se asomó por la ventana para asegurarse de que su hija estuviera bien. Esperaba que Jessica retrocediera, pero le sorprendió que su hija diera un paso al frente junto con las demás.

«¡Uno…, dos…, tres…!». *¡Splash!* Todas las niñas cayeron al agua entre gritos y risas.

Desde ese momento, Jessica se enamoró del agua. Se unió a un club náutico y decidió navegar por el mundo sola sin detenerse. Pintó su barco de color rosa brillante y lo bautizó como Ella's Pink Lady (Dama Rosa de Ella).

Aprovisionó el barco con pasteles de carne e hígado, papas, latas y latas de alubias, ciento cincuenta botellas de leche y mucha agua, y zarpó desde el puerto de Sídney. Tenía apenas dieciséis años.

Por sí sola, Jessica navegó, se enfrentó a olas tan altas como rascacielos, presenció los amaneceres más hermosos, observó ballenas azules y miró las estrellas fugaces desde su barco.

Siete meses después, regresó a Sídney. Miles de personas se reunieron para recibirla y hasta colocaron una alfombra especial de color rosa brillante, igual que su barco.

NACIÓ EL 18 DE MAYO DE 1993

AUSTRALIA

NO PUEDES CAMBIAR
LAS CONDICIONES.
SIMPLEMENTE HAY
QUE LIDIAR CON ELLAS.
JESSICA WATSON

• JILL TARTER •

ASTRÓNOMA

Había una vez una niña que soñaba con hacerse amiga de las estrellas. Se llamaba Jill.

«¿Cómo podríamos estar solos en el universo si el cielo es tan inmenso?», solía preguntarse.

No podía dejar de pensar en eso, así que cuando creció decidió examinar los cielos en busca de vida extraterrestre. Se convirtió en astrónoma y directora del SETI, el centro de investigación científica más importante del mundo que estudia la posibilidad de vida en el espacio exterior.

Durante años, Jill y su equipo estudiaron cientos de sistemas estelares con ayuda de radiotelescopios ubicados alrededor del mundo. Todas las noches buscaba señales de civilización en planetas distantes.

Nadie sabía ni sabe aún qué clase de sistemas de comunicación podrían usar los seres de otro planeta. Lo único que sabemos es que el universo es demasiado grande como para que seamos sus únicos habitantes.

Jill disfrutaba en particular sus paseos nocturnos bajo el cielo estrellado.

—Me gustaba ir al cuarto de controles para iniciar mi turno a medianoche. Orión estaba justo encima de mi cabeza, como un viejo amigo —recuerda.

Ninguna de sus investigaciones ha logrado producir evidencia científica de la existencia de vida extraterrestre, pero Jill no pierde la esperanza.

—Nadie dice que no hay peces en el agua sólo porque un vaso de agua sale vacío —afirma.

NACIÓ EL 16 DE ENERO DE 1944

ESTADOS UNIDOS DE AMÉRICA

ILUSTRACIÓN DE
ZOSIA DZIERŻAWSKA

LAS IDEAS CIENTÍFICAS ILUMINAN
LOS RECOVECOS OSCUROS.
JILL TARTER

· JINGŪ ·

EMPERATRIZ

Hace muchos, muchos años, vivía en Japón una emperatriz que esperaba un bebé.

Un día, su esposo, el emperador, le declaró la guerra a un grupo de rebeldes, pero Jingū no estaba de acuerdo. Ella había tenido una visión en sueños: debían usar su ejército para invadir Corea, «un país lleno de maravillas deslumbrantes».

Sin embargo, el esposo de Jingū no siguió su consejo, perdió la batalla contra los rebeldes y murió.

Aún embarazada, Jingū mantuvo en secreto la muerte de su esposo, se puso las prendas del emperador y derrotó a los rebeldes por sí sola. Luego condujo al ejército japonés por el Mar del Japón para conquistar Corea, tal como lo había predicho en sueños.

Además de tener sueños que la ayudaban a ganar batallas, se creía que Jingū poseía toda clase de poderes mágicos. Se decía que era capaz de controlar las mareas con dos joyas especiales que guardaba en un joyero. Otros decían que su hijo, Ōjin, permaneció en su vientre durante tres años para darle tiempo a su madre de invadir Corea y volver a casa antes de dar a luz.

Lo cierto es que Jingū tenía una fuerza y un talento excepcionales. Fue una guerrera heroica que nunca temió responsabilizarse de sus acciones.

—Si la expedición tiene éxito, será gracias a ustedes, mis queridos ministros; si no, toda la culpa será mía —les dijo.

La expedición fue un éxito y Jingū reinó durante más de setenta años.

CIRCA 169 – CIRCA 269

JAPÓN

ILUSTRACIÓN DE
ANA GALVAÑ

CON LAS ARMAS EN ALTO,
ENFRENTAREMOS CON VALENTÍA
LAS INMENSAS OLAS;
NUESTRA FLOTA ESTÁ LISTA
PARA APODERARSE DE LA TIERRA
DE LOS TESOROS.
JINGŪ

· JOAN JETT ·

ESTRELLA DE ROCK

A Joan le encantaba el *rock'n' roll*. Una Navidad, cuando tenía trece años, recibió de regalo su primera guitarra.

Estaba fascinada..., pero le faltaba algo. «Tocar sola no está mal», pensaba. «Pero, si de verdad quiero ser estrella de *rock*, necesito una banda».

Un año después había formado su banda: Sandy en la batería, Cherie en la voz, Jackie en el bajo y Lita en la guitarra principal. Joan tocaba la guitarra rítmica y cantaba, y juntas eran... The Runaways.

Tenían quince años, eran escandalosas y les encantaba. En el escenario, Joan siempre usaba un overol rojo de cuero, y Cherie salía por lo regular en ropa interior.

—Son demasiado jóvenes —les gritaban.

—¿Y qué? —contestaban ellas.

—Son demasiado escandalosas —se quejaba la gente.

Entonces ellas hacían más escándalo.

—Las chicas no pueden tocar punk.

—¿Ah, sí? ¡Ya verán!

Una de sus primeras canciones, «Cherry Bomb», fue todo un éxito. Y su segundo disco, *Queens of Noise*, causó sensación en Japón.

Pero no siempre fue fácil. En su propio país, andaban de gira en una vieja camioneta destartalada en la que viajaban de un pueblo a otro por las noches. A veces la gente les gritaba insultos o les lanzaba cosas. Pero a las Runaways no les importaba. Ellas vivían para la música, y se sentían más vivas que nunca.

NACIÓ EL 22 DE SEPTIEMBRE DE 1958

ESTADOS UNIDOS DE AMÉRICA

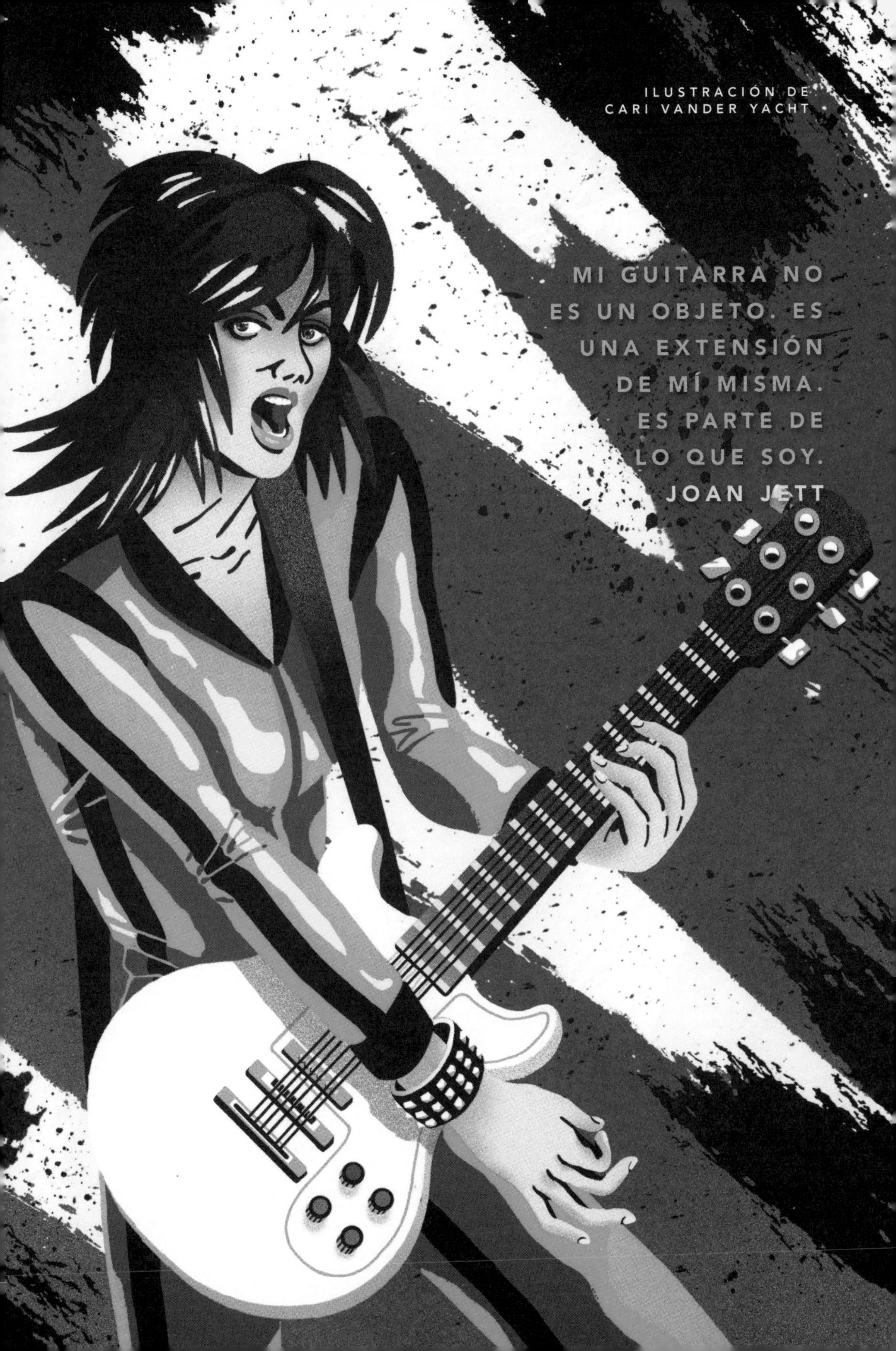

ILUSTRACIÓN DE
CARI VANDER YACHT
MI GUITARRA NO
ES UN OBJETO. ES
UNA EXTENSIÓN
DE MÍ MISMA.
ES PARTE DE
LO QUE SOY.
JOAN JETT

· JULIA CHILD ·

CHEF

Julia Child era una joven excepcionalmente alta que medía un metro ochenta y siete. Cuando se desató la Segunda Guerra Mundial, Julia estaba decidida a entrar al Ejército, pero la rechazaron por su altura. La Marina también dijo que era demasiado alta para alistarla, así que Julia decidió convertirse en espía.

Una de sus primeras misiones fue resolver un problema altamente explosivo. En el océano había esparcidas bombas submarinas que apuntaban hacia submarinos alemanes. El problema era que los tiburones solían nadar demasiado cerca de ellas y las detonaban. El resto de los agentes no sabía qué hacer, pero Julia tenía una idea.

Así que empezó a cocinarla.

Julia mezcló una serie de ingredientes desagradables y horneó pasteles que olían a tiburón muerto al lanzarlos al agua. Los tiburones no se atrevían a acercarse a ellos. Es como cuando te rocías repelente para alejar a los insectos, sólo que Julia lo hizo con tiburones y bombas.

Después de que terminó la guerra, Julia y su esposo se mudaron a Francia por el trabajo de él. El primer bocado que probó Julia de comida francesa le cambió la vida. ¡No podía creer que algo supiera tan exquisito! Su vida haciendo repelentes de tiburón se había terminado. Decidió entrar a Le Cordon Bleu —la mejor escuela de cocina del mundo— y aprendió todo lo que los chefs de ahí pudieron enseñarle.

Julia se convirtió en una autoridad de la gastronomía francesa, y su libro, *El arte de la cocina francesa*, fue todo un éxito de ventas. Incluso tuvo su propio programa de televisión.

—*Bon appétit* —decía—, a menos de que seas un tiburón.

15 DE AGOSTO DE 1912 – 13 DE AGOSTO DE 2004

ESTADOS UNIDOS DE AMÉRICA

ILUSTRACIÓN DE
BARBARA DZIADOSZ

UNA FIESTA SIN
PASTEL NO ES
MÁS QUE UNA
MERA REUNIÓN.
JULIA CHILD

KATE SHEPPARD

SUFRAGISTA

Había una época en la que los hombres creían que las mujeres sólo existían para servirles. Creían que las mujeres debían cocinar y limpiar, cuidar a los hijos y no ocuparse de otras cosas. También creían que las mujeres debían usar «ropa femenina», o sea vestidos largos y corsés muy ajustados. No importaba que esas prendas les impidieran moverse bien o hasta respirar; la idea era que se vieran bonitas.

Era impensable que las mujeres trabajaran, que practicaran deportes o que quisieran gobernar el país. Definitivamente era impensable. Ni siquiera tenían permitido votar.

Kate, en cambio, creía que las mujeres debían tener las mismas libertades que los hombres: entre ellas la libertad de expresar lo que pensaban, de votar por quien quisieran y de usar ropa cómoda.

Un día, se puso de pie y declaró:

—Las mujeres deberíamos poder votar. Y deberíamos dejar de usar corsés.

La gente se sentía conmocionada, indignada o inspirada por las nuevas ideas radicales de Kate.

Kate y sus amigas reunieron tantas firmas para su petición que tuvieron que pegar muchas hojas de papel para formar un largo rollo, el cual llevaron al Parlamento y desenrollaron en el suelo, como una larga alfombra. Imagina setenta y cuatro camiones de helados estacionados en fila; la petición de Kate era más larga. Era la más larga presentada jamás. Los legisladores se quedaron con la boca abierta. Gracias a Kate, Nueva Zelanda fue el primer país del mundo en donde las mujeres obtuvieron el derecho a votar.

10 DE MARZO DE 1847 – 13 DE JULIO DE 1934

NUEVA ZELANDA

NO CREAS QUE UN
SIMPLE VOTO NO SIRVE
DE MUCHO. LA LLUVIA
QUE REFRESCA EL SUELO
RESECO ESTÁ HECHA
DE SIMPLES GOTAS.
KATE SHEPPARD

ILUSTRACIÓN DE
MALIN ROSENQVIST

· LAKSHMI BAI ·

REINA Y GUERRERA

Había una vez una joven llamada Lakshmi que vivía en el estado de Jhansi, en India, y a quien le encantaba luchar.

Estudió defensa personal, arquería y pelea con espadas. Practicaba levantamiento de pesas y lucha cuerpo a cuerpo, además de ser una excelente jinete. Formó su propio ejército con otras mujeres que también dominaban varias técnicas de pelea.

Lakshmi Bai se casó con Gangadhar Rao, maharajá de Jhansi, y se convirtió en reina (o *rani*, en sánscrito). Lakshmi y Gangadhar tuvieron un hijo, pero el pequeño murió de forma trágica cuando era niño. El maharajá nunca se recuperó del dolor de haber perdido a su hijo, y al poco tiempo también murió.

En esa época, los británicos gobernaban India y también querían controlar Jhansi. Usaron la muerte del hijo y del esposo de Lakshmi como pretexto para ordenarle que abandonara el palacio. Al principio, Rani Lakshmi Bai intentó combatir a los británicos por la vía jurídica, pero las cortes se negaron a escuchar su caso. Por ello, armó un ejército de veinte mil rebeldes, tanto hombres como mujeres.

Tras una feroz batalla, su ejército fue derrotado, pero ni siquiera entonces Rani Lakshmi Bai se dio por vencida. Abandonó la ciudad haciendo a su caballo saltar por encima de un enorme muro y se dirigió hacia el este, en donde se reunió con más rebeldes, muchas de las cuales eran mujeres como ella. Rani Lakshmi Bai dirigió sus tropas en la siguiente batalla, vestida de hombre y montada a caballo.

Uno de los generales británicos la recordaría siempre como «la más peligrosa de los líderes rebeldes».

---

19 DE NOVIEMBRE DE 1828 – 18 DE JUNIO DE 1858

INDIA

ILUSTRACIÓN DE
LIEKE VAN DER VORST

¡A LA CARGA!
LAKSHMI BAI

LELLA LOMBARDI

PILOTO DE FÓRMULA 1

Había una vez una chica a la que le gustaba ayudar a su papá a entregar pedidos de carnes frías en su camioneta. Cada vez que debían hacer una entrega, la joven se subía al asiento del conductor y su papá cronometraba sus tiempos. Esa niña se llamaba Maria Grazia, pero todos la conocían como Lella.

Lella era tan buena conductora que establecía un nuevo récord en cada entrega. Todos en el pueblo se acostumbraron a ver la camioneta de los Lombardi pasar a toda velocidad por las colinas, con el salami rebotando en la parte trasera.

En cuanto cumplió dieciocho años, Lella utilizó todos sus ahorros para comprarse un auto de carreras usado y comenzó a competir de forma profesional. Cuando sus padres leyeron en los diarios que su hija había ganado el campeonato Fórmula 850, en realidad no se sorprendieron mucho.

A Lella no le importaba ser siempre la única mujer en la carrera. Se limitaba a manejar tan rápido como pudiera para convertirse algún día en piloto de Fórmula 1.

Su primer intento fue un fracaso, pues ni siquiera calificó. Sin embargo, al año siguiente encontró un buen representante, un patrocinador y un fabuloso auto blanco que tenía la bandera italiana al frente. Durante el Gran Premio de España, Lella terminó en sexto lugar, con lo que se convirtió en la primera conductora en anotar puntos en una carrera de Fórmula 1.

A pesar de su éxito, su equipo decidió contratar a otro piloto, un hombre, por lo que Lella se dio cuenta de que la Fórmula 1 no estaba lista para aceptar mujeres al volante. Lella continuó compitiendo toda su vida, y hasta la fecha ninguna mujer ha roto su récord en la Fórmula 1.

26 DE MARZO DE 1941 – 3 DE MARZO DE 1992

ITALIA

ILUSTRACIÓN DE
SARAH MAZZETTI

PREFIERO CORRER
AUTOS QUE
ENAMORARME.
LELLA LOMBARDI

• LOZEN •

Había una vez una joven que quería ser guerrera. Se llamaba Lozen y pertenecía a una de las tribus apaches, que eran los nativos americanos que habitaron originalmente lo que ahora es Arizona, Nuevo México y Texas.

Cuando Lozen era todavía pequeña, el Ejército estadounidense atacó a los apaches para quitarles su tierra. Lozen vio a muchos de sus amigos y familiares morir en batalla, y desde entonces juró que dedicaría su vida a defender su tribu y a su gente.

—No quiero aprender las labores de las mujeres ni quiero casarme —le dijo a su hermano Victorio—. Quiero ser guerrera.

Victorio era el líder de su tribu, así que le enseñó a pelear y a cazar. Siempre le pedía que estuviera a su lado en la batalla.

—Lozen es mi brazo derecho —solía decir—. Es tan fuerte como un hombre, más valiente que la mayoría, astuta para la estrategia y un escudo para su gente.

Su valentía y su fuerza eran legendarias, tanto que había quienes creían que Lozen tenía poderes sobrenaturales que le permitían anticipar los movimientos de sus enemigos. Se convirtió en la líder espiritual de su tribu, además de curandera. Después de la muerte de su hermano, Lozen unió fuerzas con Gerónimo, el famoso líder apache. Un día la capturaron junto con el último grupo de apaches libres, pero su recuerdo perdura con fuerza en los corazones de todos los que luchan por la libertad.

FINALES DE LA DÉCADA DE 1840 – *CIRCA* 1886

ESTADOS UNIDOS DE AMÉRICA

ILUSTRACIÓN DE
MALIN ROSENQVIST

EN ESTE MUNDO,
LO OCULTO
TIENE PODERES.

LOZEN

MAE C. JEMISON

ASTRONAUTA Y DOCTORA

Había una vez una niña curiosa llamada Mae que no podía decidir qué quería ser cuando creciera.

Cuando les cosía vestidos a sus muñecas, quería ser diseñadora de modas. Al leer un libro sobre viajes espaciales, se le antojaba ser astronauta. Al arreglar juguetes rotos, pensaba que tal vez sería mejor estudiar ingeniería. Y al ir a una función de *ballet*, exclamaba:

—¡Debería ser bailarina!

El mundo era el laboratorio de Mae, y había incontables experimentos que ella quería intentar. Estudió ingeniería química, estudios afroamericanos y medicina. Aprendió a hablar ruso, suajili y japonés. Se graduó en medicina y trabajó como voluntaria en Camboya y Sierra Leona. Luego mandó su solicitud a la NASA para ser astronauta. La seleccionaron y, después de un año de entrenamientos, la enviaron al espacio exterior a bordo de un transbordador espacial.

Mae les realizó estudios a otros miembros de la tripulación. Dado que no sólo era astronauta, sino también médica, su misión era realizar experimentos con cosas como la falta de gravedad y el mareo, el cual puede ser muy problemático cuando estás flotando boca abajo en el espacio exterior.

Cuando Mae volvió a la Tierra, se dio cuenta de que, aunque había disfrutado mucho la experiencia en el espacio exterior, su verdadera pasión era mejorar los servicios de salud en África, por lo que renunció a la NASA y fundó una compañía que usa satélites con fines médicos.

Mae Jemison fue la primera mujer afroamericana en viajar al espacio.

NACIÓ EL 17 DE OCTUBRE DE 1956

ESTADOS UNIDOS DE AMÉRICA

ILUSTRACIÓN DE
KARABO MOLETSANE

SIEMPRE SUPE
QUE VIAJARÍA AL
ESPACIO EXTERIOR.
MAE C. JEMISON

MALALA YOUSAFZAI

ACTIVISTA

Había una vez una niña que adoraba ir a la escuela. Su nombre era Malala.

Malala vivía en un apacible valle en Pakistán. Un día, un grupo de hombres armados, llamados talibanes, tomaron el control del valle y atemorizaron a la población con sus armas.

Los talibanes les prohibieron a las niñas ir a la escuela. Mucha gente no estaba de acuerdo, pero creía que lo más seguro era resguardar a sus hijas en casa.

Malala pensó que era muy injusto y empezó a quejarse de ello en internet. Amaba tanto ir a la escuela que un día declaró en televisión:

—La educación les da poder a las mujeres. Los talibanes están cerrando las escuelas para niñas porque no quieren que las mujeres tengan poder.

Unos días después, Malala se subió al autobús escolar como de costumbre. De pronto, dos talibanes pararon el autobús y se subieron.

—¿Quién de ustedes es Malala? —gritaron.

Cuando sus amigas voltearon a verla, los hombres le dispararon en la cabeza.

Por fortuna, la llevaron de inmediato al hospital y no murió. Miles de niños y niñas le enviaron tarjetas con buenos deseos y Malala se recuperó mucho más rápido de lo que cualquiera habría imaginado.

—Creyeron que las balas nos silenciarían, pero fallaron —dijo—. Tomemos nuestros libros y nuestros lápices. Son nuestras armas más poderosas. Una niña, una maestra, un libro y un lápiz pueden cambiar el mundo.

Malala es la persona más joven que ha recibido el Premio Nobel de la Paz.

NACIÓ EL 12 DE JULIO DE 1997

PAKISTÁN

تعليم

CUANDO EL MUNDO
ENTERO ESTÁ EN SILENCIO,
HASTA UNA SOLA VOZ
SE VUELVE PODEROSA.
MALALA YOUSAFZAI

MANAL AL-SHARIF

ACTIVISTA

Había una vez una joven llamada Manal que quería conducir un auto. Vivía en Arabia Saudita, un país cuyas normas religiosas les prohíben a las mujeres manejar.

Un día, Manal decidió romper las reglas.

Tomó prestado el auto de su hermano y manejó por las calles de la ciudad durante un rato.

Subió a YouTube un video de ella misma al volante, de modo que la mayor cantidad posible de mujeres vieran lo que estaba haciendo y se armaran de valor para hacer lo mismo.

—Si los hombres pueden manejar, ¿por qué las mujeres no? —dijo Manal en su video. Era una simple pregunta, pero a las autoridades religiosas no les agradó en lo absoluto.

—¿Y si otras mujeres empiezan a manejar? Se van a salir de control —exclamaron las autoridades.

Así que unos cuantos días después Manal fue arrestada, y la hicieron prometer que no volvería a manejar jamás.

Sin embargo, su video ya había sido visto por miles de personas. Unas cuantas semanas después, cientos de valientes mujeres saudíes tomaron las calles con sus autos y desafiaron a las autoridades religiosas.

Manal fue encarcelada de nuevo, pero siguió expresándose para animar a las mujeres a manejar y a luchar por sus derechos.

—No pregunten cuándo terminará la prohibición. Sólo salgan y manejen.

NACIÓ EL 25 DE ABRIL DE 1979

ARABIA SAUDITA

ILUSTRACIÓN DE
KATE PRIOR

SALGAN Y MANEJEN
MANAL AL-SHARIF

MARGARET HAMILTON

Había una vez una joven que llevó al hombre a la Luna. Se llamaba Margaret y era buenísima con las computadoras.

Cuando tenía apenas veinticuatro años, entró a trabajar a la NASA, la agencia espacial estadounidense. Aceptó el trabajo para ayudar a su esposo y a su hija, sin darse cuenta de que pronto estaría al frente de una revolución científica que cambiaría el mundo.

Margaret era ingeniera y dirigía el equipo que programó el código que le permitió a la aeronave *Apollo 11* aterrizar a salvo en la superficie lunar.

Margaret llevaba a su hijita Lauren al trabajo por las tardes y los fines de semana. Mientras la pequeña de cuatro años dormía, su mamá programaba sin parar secuencias de códigos que se agregarían al módulo de comandos del *Apollo*.

El 20 de julio de 1969, apenas unos minutos antes de que el *Apollo 11* hiciera contacto con la superficie lunar, la computadora empezó a arrojar mensajes de error. La misión estaba en peligro. Por fortuna, Margaret había configurado la computadora de tal forma que se concentrara en la tarea principal e ignorara todo lo demás. Por lo tanto, en lugar de abortar la misión, el *Apollo 11* logró aterrizar a salvo en la Luna.

El aterrizaje del *Apollo* fue aclamado en el mundo como «un pequeño paso para el hombre, un gran salto para la humanidad». Pero nada de eso habría ocurrido sin las extraordinarias habilidades de programación y la serenidad de una mujer: Margaret Hamilton, ingeniera de la NASA.

NACIÓ EL 17 DE AGOSTO DE 1936

ESTADOS UNIDOS DE AMÉRICA

YO TRABAJÉ EN
TODAS LAS MISIONES
APOLLO TRIPULADAS.
MARGARET HAMILTON

ILUSTRACIÓN DE
ÉDITH CARRON

MARGARET THATCHER

PRIMERA MINISTRA

Había una vez en Reino Unido una joven a la que no le importaba lo que los demás pensaran de ella y que creía en hacer lo correcto. Algunas personas apreciaban su honestidad, pero otras decían que era grosera. Margaret simplemente se encogía de hombros y seguía con su vida.

Estudió química y se convirtió en científica, pero su verdadera pasión era la política, así que buscó ser electa para el Parlamento británico. La primera vez fracasó, la segunda vez también, pero Margaret nunca se daba por vencida.

Decidió regresar a la universidad a estudiar derecho. Se casó y tuvo gemelos. Cuando llegaron las siguientes elecciones, ni siquiera la tomaron en cuenta, pues los hombres de su partido creían que una joven madre no estaba capacitada para la vida parlamentaria.

Finalmente, unos años después, su sueño se hizo realidad. Margaret fue electa para el Parlamento. Una vez ahí, fue tan exitosa que la nombraron líder del Partido Conservador y después primera ministra, la primera en toda la historia del Reino Unido.

Cuando eliminó la leche gratuita en las primarias, la gente se quejó de ella. Cuando ganó la guerra contra Argentina en las Islas Malvinas, la gente admiró su fuerza y determinación.

Margaret valoraba el trabajo arduo, además de ser una mujer muy práctica. A veces la presionaban para que tomara decisiones con las que no estaba de acuerdo, pero ella nunca cedía. Por eso la apodaron la Dama de Hierro.

13 DE OCTUBRE DE 1925 – 8 DE ABRIL DE 2013

REINO UNIDO

ILUSTRACIÓN DE
DEBORA GUIDI

A VECES HAY QUE
PELEAR LAS BATALLAS
MÁS DE UNA VEZ
PARA GANARLAS.
MARGARET THATCHER

MARGHERITA HACK

ASTROFÍSICA

Hace algunos años, en la Via delle Cento Stelle (Calle de las Cien Estrellas), de Florencia, nació una niñita llamada Margherita, que al crecer se convertiría en una excelente astrofísica que estudiaría las propiedades de las estrellas y los planetas.

Mientras estudiaba física, empezaron a interesarle mucho las estrellas.

—Los humanos somos parte de la evolución del universo —decía—. Desde el calcio en nuestros huesos hasta el hierro en nuestra sangre, estamos hechos por completo de elementos creados en el corazón de las estrellas. Somos auténticos «hijos de las estrellas».

El lugar favorito de Margherita era el Observatorio Arcetri. Encima de una colina florentina, Margherita estudiaba los cielos con ayuda de un enorme telescopio y una mente llena de preguntas: ¿Cómo evolucionan las galaxias? ¿Qué distancia hay entre cada estrella? ¿Qué podemos aprender de la luz estelar?

Margherita viajó por el mundo para dar conferencias e inspirar a otros a estudiar las estrellas. Al volver a Trieste, se convirtió en la primera directora del observatorio astronómico.

Margherita decía que algunas de sus mejores amigas eran estrellas. Se llamaban Eta Boo, Tauri, Zeta Her, Omega Tauri y 55 Cygni. ¡Incluso hay un asteroide que lleva su nombre!

Para Margherita, ser científica implicaba basar el conocimiento del mundo natural en hechos, observaciones y experimentos, además de mantener una curiosidad apasionada por los misterios de la vida.

12 DE JUNIO DE 1922 – 29 DE JUNIO DE 2013

ITALIA

LAS ESTRELLAS NO SON
MUY DISTINTAS DE NOSOTROS:
NACEN, CRECEN Y MUEREN.
MARGHERITA HACK

ILUSTRACIÓN DE
CRISTINA SPANÓ

· MARÍA CALLAS ·

CANTANTE DE ÓPERA

Cuando era niña, María era un poco torpe y nada popular. Estaba segura de que su mamá quería más a su hermana por ser más delgada, más bonita y más popular que ella.

Un día, su madre descubrió que María tenía una sorprendente voz y la alentó a que cantara para ganar dinero para su familia.

La mamá de María intentó inscribirla al Conservatorio Nacional, en Atenas, pero la rechazaron porque nunca había recibido una educación musical formal. Así que su familia la envió con una profesora privada.

La primera vez que la profesora la escuchó cantar, se quedó sin palabras. Era la voz más increíble que había escuchado jamás. María no sólo dominó las arias más difíciles en cuestión de meses, sino que su estilo de canto conmovía el corazón de cualquiera.

María volvió a intentar entrar al Conservatorio Nacional, y esta vez sí la aceptaron.

Una noche, hizo su debut en el escenario de la sala de ópera más famosa del mundo: la Scala de Milán. Mientras cantaba, el público se dejaba llevar por cada una de sus notas a un lugar de pasión, rabia, alegría y amor. Al final, todos se pusieron de pie entre gritos y aplausos, y cubrieron el escenario de rosas.

María llegó a ser conocida simplemente como la Divina, la soprano más famosa de la historia.

2 DE DICIEMBRE DE 1923 – 16 DE SEPTIEMBRE DE 1977

GRECIA

SIEMPRE SERÉ TAN
DIFÍCIL COMO SEA
NECESARIO PARA
LOGRAR SER LA MEJOR.
MARÍA CALLAS

• MARIA MONTESSORI •

MÉDICA Y EDUCADORA

Había una vez una profesora que trabajaba con niños discapacitados. Se llamaba Maria y también era doctora.

En lugar de poner en práctica los viejos métodos de enseñanza, Maria se puso a observar a los niños para entender cómo aprendían. En su escuela, a los niños no se les obligaba a hacer lo que dijera el maestro, sino que podían andar con libertad y elegir la actividad que más les gustara.

Las técnicas innovadoras de Maria resultaron ser muy efectivas con niños discapacitados, así que decidió abrir una escuela para educar a toda clase de niños y niñas con los mismos métodos de enseñanza. Esa escuela se llamó La Casa de los Niños.

Para La Casa de los Niños, Maria inventó muebles de tamaño infantil: pequeñas sillas ligeras que los niños podían mover con facilidad y estantes bajos para que pudieran tomar las cosas sin pedirle ayuda a un adulto.

Maria también creó juguetes que alentaran a los pequeños a descubrir el mundo de forma práctica e independiente. En sus clases, los niños descubrían cómo abotonarse y desabotonarse la camisa, cómo llevar un vaso de agua sin derramarlo y cómo poner la mesa por sí solos.

—Los niños deben aprender a ser autosuficientes —decía—. Si saben atarse los zapatos y vestirse por sí solos, sentirán la felicidad que trae consigo la independencia.

El método de Maria Montessori se sigue usando en miles de escuelas y ayuda a niños y niñas de todo el mundo a crecer fuertes y libres.

31 DE AGOSTO DE 1870 – 6 DE MAYO DE 1952

ITALIA

ILUSTRACIÓN DE
CRISTINA SPANÒ

NUNCA AYUDES A
UN NIÑO O UNA NIÑA
CON UNA TAREA EN LA
QUE SIENTE QUE PUEDE
TENER ÉXITO.
MARIA MONTESSORI

· MARIA REICHE ·

ARQUEÓLOGA

En una pequeña casa del desierto peruano vivía una aventurera matemática alemana llamada Maria Reiche.

En las rocas del árido desierto estaban grabadas cientos de líneas. Nadie sabía para qué servían, por qué estaban ahí, ni qué tan antiguas eran.

Estas líneas misteriosas, conocidas como *líneas de Nazca*, se convirtieron en la pasión de Maria. Las sobrevoló en aviones y helicópteros para hacer un mapa de ellas, y cuando no había aviones se subía a la escalera más alta que pudiera encontrar para observar las líneas desde arriba. Algunas de ellas estaban cubiertas de arena, así que tuvo que barrerlas con una escoba. Usaba tantas escobas que la gente creía que era una bruja.

Mientras estudiaba las líneas, descubrió una cosa sorprendente. No eran trazos al azar, sino que formaban enormes dibujos hechos por personas que vivieron hace miles de años. ¡Había un colibrí! ¡Manos entrelazadas! ¡Flores! ¡Una araña gigante! ¡Toda clase de figuras geométricas!

¿Por qué esa civilización antigua hizo dibujos que sólo podían verse desde el cielo? ¿Qué significaban los dibujos? Maria estaba decidida a resolver el misterio. Con el tiempo, descubrió que las líneas correspondían a las constelaciones que se veían en el cielo nocturno.

—Es como un mapa gigante de los cielos —decía.

Cuando Maria llegó a Perú proveniente de Alemania, no estaba buscando dibujos misteriosos, pero cuando los encontró, supo que pasaría el resto de su vida intentando descifrarlos. Por eso se le conoció como la Dama de las Líneas.

15 DE MAYO DE 1903 – 8 DE JUNIO DE 1998

ALEMANIA

ILUSTRACIÓN DE
GAIA STELLA

CUANDO LLEGUÉ EN BARCO A PERÚ,
PASAMOS POR DEBAJO DE CUATRO
ARCOÍRIS CONSECUTIVOS: CUATRO
ARCOS, UNO DENTRO DE OTRO.
MARIA REICHE

• MARIA SIBYLLA MERIAN •

NATURALISTA

Maria era una niñita a la que le encantaba el arte. A diario reco-lectaba flores para pintarlas y a veces encontraba orugas sobre las flores y pintaba cómo iban cambiando día con día hasta convertirse en mariposas.

En esa época, la gente creía que las mariposas surgían mágicamente del lodo. Maria sabía la verdad, pero nadie le creía.

Pasaron los años y Maria se convirtió en una gran artista de la acuarela. Escribió sobre sus descubrimientos, aunque en ese entonces los científicos sólo se tomaban en serio los libros escritos en latín, y el de Maria estaba en alemán.

Un día, Maria y su hija decidieron mudarse a una nueva ciudad, Ámsterdam, en donde encontró vitrinas llenas de insectos exóticos traídos de Sudamérica.

«Si pudiera estudiarlos en su hábitat natural, podría escribir un libro que la gente tomara en serio», pensó Maria.

Entonces vendió sus pinturas y emprendió el viaje en barco hacia Sudamérica. En las junglas de Suriname, Maria y su hija escalaron los altos árboles de la selva para estudiar a los insectos que vivían ahí. Maria escribió su nuevo libro en latín, el cual fue un gran éxito. Los científicos aprendieron que las mariposas y las polillas provienen de las orugas, no del lodo. Este proceso se conoce como *metamorfosis*, que significa cambiar de forma. Hoy sabemos que muchos animales se metamorfosean: las ranas, las polillas, los escarabajos, los cangrejos… ¡Todo gracias al trabajo de Maria Sibylla Merian!

2 DE ABRIL DE 1647 – 13 DE ENERO DE 1717

ALEMANIA

ILUSTRACIÓN DE
AMANDA HALL

EN MI JUVENTUD,
PASABA MI TIEMPO
INVESTIGANDO INSECTOS.
MARIA SIBYLLA MERIAN

• MARIE CURIE •

CIENTÍFICA

Había una vez una escuela secreta en Polonia a la que la gente llamaba Universidad Flotante.

En ese entonces, el gobierno era muy estricto con lo que la gente podía o no podía estudiar. De hecho, las mujeres tenían prohibido ir a la universidad.

Marie y su hermana eran estudiantes de la escuela secreta, pero ya estaban hartas de esconderse. Un día, oyeron hablar de una universidad parisina que se llamaba La Sorbona, en la cual aceptaban mujeres, así que decidieron mudarse a Francia.

A Marie le fascinaban los metales y los magnetos. Descubrió que algunos minerales eran radioactivos y emitían poderosos rayos, además de brillar en la oscuridad. Para analizar las propiedades de estos minerales, Marie los incendiaba, los derretía, los filtraba y pasaba la noche despierta viéndolos brillar. La radiación se usa para tratar varias enfermedades, pero también es muy peligrosa. De hecho, después de todos estos años, los cuadernos e instrumentos de Marie siguen siendo radioactivos, y para mirarlos hay que usar ropa y guantes protectores.

Pierre, el esposo de Marie, quedó tan intrigado por sus investigaciones que dejó de lado su trabajo con cristales para colaborar con ella. Juntos descubrieron dos nuevos elementos radioactivos: el polonio y el radio.

Marie Curie ganó dos Premios Nobel por su trabajo y podría haberse enriquecido con sus descubrimientos, pero en vez de eso decidió que los resultados de sus investigaciones estuvieran al alcance de todo el mundo.

7 DE NOVIEMBRE DE 1867 – 4 DE JULIO DE 1934

POLONIA

ILUSTRACIÓN DE
CLAUDIA CARIERI

NO HAY QUE TEMER
A NADA EN LA VIDA,
SÓLO TRATAR DE
COMPRENDERLO.
MARIE CURIE

MARY ANNING

PALEONTÓLOGA

En una pequeñísima casita de la costa sur de Inglaterra, vivía una niña llamada Mary. Su casa estaba tan cerca del mar que a veces las tormentas la inundaban.

Los vientos y las tormentas que azotaban la costa solían revelar fósiles de plantas o animales prehistóricos que habían muerto hacía mucho tiempo en los acantilados.

Mary no podía ir a la escuela porque su familia era muy pobre, así que aprendió a leer y escribir por sí sola. Luego estudió geología para saber más sobre las rocas, así como anatomía para saber más sobre los esqueletos de los animales prehistóricos que encontraba.

Un día, Mary vio una figura extraña que se asomaba de una roca. Sacó su pequeño martillo especial y con mucho cuidado fue labrando la roca. Poco a poco descubrió un esqueleto de nueve metros de largo. El esqueleto tenía un pico alargado, pero no era un ave. Tenía hileras de dientes afilados, pero no era un tiburón. Tenía aletas, pero no era un pez. ¡Y también tenía una larga y delgada cola! Era la primera vez que se descubría un fósil de ese tipo de dinosaurio, así que Mary lo llamó *ictiosaurio*, que significa «pez lagarto».

En ese entonces, la gente creía que la Tierra tenía apenas unos cuantos miles de años de existencia, pero los fósiles de Mary ayudaron a demostrar que en el planeta había vida desde hacía cientos de millones de años.

Científicos de todo el mundo visitaron a Mary, la mujer de ciencia autodidacta que amaba caminar junto al mar.

21 DE MAYO DE 1799 – 9 DE MARZO DE 1847

REINO UNIDO

MARY EDWARDS WALKER

CIRUJANA

Había una vez una niña llamada Mary que usaba la ropa que se le antojaba: botas, pantalones, corbatas y camisas.

En esa época, se esperaba que las niñas usaran corsés ajustados y capas de crinolina bajo el vestido. Era difícil moverse y hasta respirar con ropa así. Pero, a diferencia de los papás de sus amigas, la mamá y el papá de Mary creían que toda la gente, incluyendo a las niñas, podía usar la ropa que quisiera. El padre de Mary, un médico autodidacta, creía que todos sus hijos serían más felices y estarían más sanos si usaban camisetas y pantalones cómodos, sobre todo en los veranos húmedos y cálidos. A Mary eso la hacía muy feliz, pues de cualquier forma prefería la ropa de niño.

Su padre los alentó a ella, sus hermanas y hermanos a estudiar. Mary quería ser doctora, así que fue a la escuela de medicina y se graduó como una de las primeras doctoras de todo Estados Unidos.

Se casó con un colega médico y en su boda usó pantalón y saco porque le gustaba más ese atuendo que los vestidos de novia tradicionales.

Cuando se desató la Guerra Civil estadounidense, Mary se alistó en el Ejército de la Unión. Varias veces la arrestaron por usar ropa de hombre, pero para Mary sólo era ropa, y ella usaba lo que se le antojaba.

Salvó muchas vidas durante la Guerra Civil y una vez que acabó, recibió la Medalla de Honor. Mary usó su medalla toda la vida, en el cuello de su abrigo, junto a su corbata.

26 DE NOVIEMBRE DE 1832 – 21 DE FEBRERO DE 1919

ESTADOS UNIDOS DE AMÉRICA

QUE LAS GENERACIONES
FUTURAS SEPAN QUE TAMBIÉN
LAS MUJERES UNIFORMADAS
GARANTIZARON SU LIBERTAD.
MARY EDWARDS WALKER

MARY KOM

Había una vez en India una niña llamada Mary. La familia de Mary era muy pobre y tenía dificultades para poner comida en la mesa. Mary quería ayudar a mejorar la vida de su familia, así que decidió volverse boxeadora. Un día se le acercó con seguridad a un entrenador de boxeo.

—¿Me entrenaría? —le preguntó.

—Eres demasiado pequeña. Vete. —Sin embargo, cuando el entrenador terminó de trabajar, descubrió que Mary lo seguía esperando en la puerta.

—Quiero hacerlo. Póngame en el cuadrilátero —le dijo.

El entrenador aceptó a regañadientes y así Mary empezó a entrenar como nunca. Luego entró a competencias y ganó muchas peleas. Pero no se lo contaba a sus papás porque no quería angustiarlos. Sin embargo, su papá leyó una nota sobre Mary en el periódico.

—¿Eres tú? —le preguntó, preocupado.

—Sí —contestó Mary con orgullo.

—¿Y si te lastimas? —le preguntó su madre—. ¡No tenemos dinero para médicos!

—Trabajaré mucho y ahorraré cuanto pueda. No se preocupen.

Mary dormía en hostales, comía verduras con arroz porque no tenía dinero para comer carne, se brincaba el desayuno porque sólo le alcanzaba para almorzar y cenar, y se convirtió en una campeona.

Sus padres veían sus peleas por televisión. Mary ganaba medalla tras medalla, ¡hasta en las Olimpiadas! Toda su comunidad estaba orgullosa de ella, y Mary por fin pudo ayudar a su familia, como siempre lo soñó.

NACIÓ EL 1 DE MARZO DE 1983

INDIA

ILUSTRACIÓN DE
PRIYA KURIYAN

NO PUEDO VIVIR SIN
BOXEAR. AMO EL BOXEO.
MARY KOM

MATILDE MONTOYA

DOCTORA

Había una vez una mujer mexicana llamada Soledad que tuvo una hija a la que llamó Matilde. Soledad no tardó en darse cuenta de que su hija tenía una inteligencia excepcional. A los cuatro años ya sabía leer y escribir, y a los once ya estaba lista para entrar al bachillerato. A los dieciséis, Matilde empezó a educarse como partera, pero tenía sueños más ambiciosos. Quería ser doctora.

Cuando entró a la Escuela Nacional de Medicina, era la única estudiante mujer. Mucha gente le dijo que las mujeres no podían ser doctoras, pero su mamá y sus amistades estaban de su lado.

Al final del primer año, la universidad intentó expulsarla, así que Matilde decidió escribirle una carta al presidente de México para pedirle ayuda. Le escribió también a la universidad para pedir que dejaran de ser tan injustos con ella. Matilde logró terminar las clases, pero entonces la universidad le impidió presentar el examen final.

Una vez más, Matilde le escribió al presidente para que interviniera de nuevo. Esta vez se aprobó una ley que les permitía a las mujeres estudiar medicina y ser doctoras. El presidente fue en persona a la universidad para ver a Matilde hacer su examen final. Fue un momento histórico.

Al día siguiente, los periódicos de todo el país aclamaban la historia de «la señorita Matilde Montoya», la primera doctora mexicana.

14 DE MARZO DE 1859 – 26 DE ENERO DE 1939

MÉXICO

ILUSTRACIÓN DE
CRISTINA PORTOLANO

SOY DOCTORA.
MATILDE MONTOYA

MAUD STEVENS WAGNER

TATUADORA

Había una vez una chica a la que le encantaban los tatuajes. Se llamaba Maud y trabajaba en un circo.

Maud era una increíble acróbata y contorsionista. La gente iba todas las noches al circo a verla volar por los aires.

Un día conoció a un hombre llamado Gus Wagner que tenía todo el cuerpo cubierto de tatuajes: monos, mariposas, leones, caballos, serpientes, árboles, mujeres… ¡Todo lo imaginable!

«Soy una obra de arte andante y parlante», solía decir Gus.

A Maud le gustaban tanto sus tatuajes que aceptó salir con él, pero sólo si la tatuaba. Gus le hizo su primer tatuaje, y luego otro, y luego otro…, hasta que el cuerpo de Maud quedó completamente cubierto de tatuajes.

Maud aprendía rápido, así que al poco tiempo empezó a trabajar como tatuadora de otros cirqueros y del público, mientras seguía actuando en circos y carnavales como acróbata.

En esa época, los tatuajes eran poco comunes, así que la gente iba al circo a embobarse viendo mujeres en poca ropa y con la piel cubierta de tinta.

Maud y Gus hacían tan buen equipo que se volvieron inseparables. Con el tiempo se casaron y difundieron el arte del tatuaje en todo el país, no sólo en los circos.

Maud es la primera tatuadora estadounidense de la que se tiene registro.

FEBRERO DE 1877 – 30 DE ENERO DE 1961

ESTADOS UNIDOS DE AMÉRICA

TATÚAME.
MAUD STEVENS WAGNER

MAYA ANGELOU

ESCRITORA

Había una vez una niña que no habló durante cinco años. Creía que sus palabras podían herir a la gente, así que se prometió a sí misma no volver a abrir la boca. Esa niña se llamaba Maya.

La gente creía que Maya estaba loca, pero la realidad era que estaba asustada.

—Sé que volverás a hablar algún día —le decía su abuela.

—Encontrarás tu voz —expresaba su querido hermano.

Maya les puso atención y empezó a memorizar todo lo que escuchaba o leía: poemas, canciones, relatos, conversaciones al azar.

—Era como poner un disco. Si quería, podía buscar en mi memoria y pensar: «Este quiero oír» —recordaría después.

Se volvió tan buena memorizando palabras que cuando empezó a escribir fue como si la música fluyera de su lápiz. Escribió sobre su niñez y sobre lo que fue crecer en un pueblo en donde los afroamericanos eran maltratados por el color de su piel.

Sus textos se convirtieron en la voz del Movimiento por los Derechos Civiles y de todas las personas que luchaban por los derechos de los afroamericanos. Maya quiso recordarnos que todos, blancos o negros, hombres o mujeres, tenemos los mismos derechos.

Además de muchos libros, era tan talentosa que escribió canciones, obras de teatro y películas, y actuó en escenarios y en la pantalla.

—Véanme. Soy negra, mujer, estadounidense y sureña —le dijo una vez a un grupo de estudiantes negros—. Véanme y véanse a ustedes mismos. ¿Qué pueden lograr?

4 DE ABRIL DE 1928 – 28 DE MAYO DE 2014

ESTADOS UNIDOS DE AMÉRICA

ILUSTRACIÓN DE
THANDIWE TSHABALALA

MI MISIÓN EN LA VIDA NO ES
SIMPLEMENTE SOBREVIVIR, SINO
PROSPERAR, Y HACERLO CON ALGO DE
PASIÓN, ALGO DE COMPASIÓN, UN POCO
DE HUMOR Y UNA PIZCA DE ESTILO.
MAYA ANGELOU

• MAYA GABEIRA •

SURFISTA

Había una vez una niña a la que le encantaban las olas, pero no aquellas en las que puedes chapotear en la orilla, ni tampoco las que se ven desde los muelles. A esa niña le encantaban las olas supermegagigantescas y quería convertirse en la superheroína del surf.

—No de nuevo, Maya —le decía su mamá cuando se iba a la playa—. Siempre estás mojada y fría, ¡y todos los que surfean son hombres!

Pero a Maya no le importaba. Surfear era su pasión.

—Pues más les vale a ellos que se acostumbren a mí —contestaba.

Empezó a viajar por el mundo: buscó las olas más grandes posibles en Australia, Hawái, Portugal y Brasil. Maya tomaba el primer vuelo que la llevara a la siguiente gran ola. Una vez, en Sudáfrica, surfeó una ola de catorce metros de altura, la más alta que haya montado cualquier mujer surfista. También ganó casi todas las principales competencias y se convirtió en la surfista mejor pagada del mundo.

Sin embargo, un día que estaba surfeando en Portugal, una ola la tomó por sorpresa. El muro de agua la aplastó y la sumergió por completo. Maya se rompió varios huesos y estuvo a punto de ahogarse antes de que un amigo la rescatara y le diera primeros auxilios. Después de un incidente tan aterrador, la mayoría de la gente temería volver al agua y pensaría en cambiar de carrera. Pero Maya no.

Tan pronto se recuperó, volvió a la misma playa de Portugal.

—Me encanta —afirma—. Las olas aquí son grandiosas.

NACIÓ EL 10 DE ABRIL DE 1987

BRASIL

ILUSTRACIÓN DE
MARTINA PAUKOVA

CORRÍ MUCHO, SURFEÉ MUCHO
Y ME ESFORCÉ MUCHO.
MAYA GABEIRA

• MELBA LISTON •

TROMBONISTA

Había una vez una niñita llamada Melba que soñaba con tocar el trombón.

Cuando Melba tenía siete años, una tienda itinerante de instrumentos musicales llegó a su ciudad. Melba vio un reluciente instrumento de viento y supo que tenía que ser suyo.

—¿Ese? —exclamó su mamá—. ¿Para una niñita? ¡Pero si es casi de tu tamaño!

Melba insistió.

—Es lo más hermoso que he visto jamás.

Melba empezó a tocar el trombón a diario. Intentó tomar clases de música, pero no se llevaba bien con su profesor.

—Aprenderé yo sola. Tocaré de oído —dijo. Era difícil, pero le encantaba el sonido audaz y metálico del instrumento. Al cabo de un año, había mejorado lo suficiente como para tocar un solo de trombón en la estación de radio local.

Durante su adolescencia, Melba se fue de gira por Estados Unidos con una banda liderada por el trompetista Gerald Wilson. Unos años después, la contrataron para acompañar de gira por el sur del país a Billie Holiday, una de las mejores cantantes de *jazz* de todos los tiempos. La gira no fue tan exitosa como esperaban, por lo que, cuando Melba volvió a casa, decidió renunciar al trombón. Sin embargo, su pasión era más fuerte que ella, así que no tardó en volver a componer y tocar música. Incluso sacó un álbum en solitario, *Melba Liston and her 'Bones* (por trombones). También se dedicó a hacer arreglos para otros músicos y tejer ritmos, armonías y melodías en hermosas canciones de todos los grandes jazzistas del siglo XX.

13 DE ENERO DE 1926 – 23 DE ABRIL DE 1999

ESTADOS UNIDOS DE AMÉRICA

¡MIRA CÓMO BRILLA!
MELBA LISTON

• MICHAELA DEPRINCE •

BAILARINA

Hace no mucho tiempo, una niña llamada Michaela perdió a su madre y a su padre por culpa de una terrible guerra.

Michaela padecía vitiligo, que es una enfermedad de la piel que deja manchas blancas en el cuello y el pecho. Por su apariencia, la gente del orfanato donde vivía la llamaba la Hija del Diablo. La pequeña Michaela se sentía sola y asustada, pero también se sentía así otra niña llamada Mia.

Si Michaela tenía miedo, Mia le cantaba una canción. Si Mia no podía dormir, Michaela le contaba un cuento. Así se volvieron las mejores amigas. Un día, el viento arrojó una revista a las puertas del orfanato. En la portada aparecía una mujer muy bella con un vestido brillante y los pies en punta.

—Es una bailarina —les dijo la maestra de Michaela.

«Se ve muy contenta», pensó Michaela a sus cuatro años. «Quiero ser como ella».

Al poco tiempo, Michaela tuvo que emprender un largo viaje. Mia y ella se separaron. Para evitar tener miedo, Michaela empezó a soñar. Soñaba que Mia y ella tenían una mamá, y que ella misma se convertía en bailarina.

Al final del viaje, se le acercó una mujer diciendo que quería adoptarla no sólo a ella, ¡sino también a Mia!

Los sueños de Michaela se estaban haciendo realidad. Pero ¿dónde estaba su tutú? Empezó a buscarlo por todas partes.

—¿Qué buscas? —le preguntó su nueva mamá. Michaela le mostró la revista—. Tú también puedes ser bailarina —le dijo su mamá con una sonrisa.

Michaela se dedicó a tomar clases de *ballet* y ahora es bailarina del Ballet Nacional de Holanda.

NACIÓ EL 6 DE ENERO DE 1995

SIERRA LEONA

ILUSTRACIÓN DE
DEBORA GUIDI

NUNCA TEMAS SER UNA AMAPOLA
EN UN CAMPO DE NARCISOS.
MICHAELA DEPRINCE

· MICHELLE OBAMA ·

ABOGADA Y PRIMERA DAMA

Había una vez una niña que siempre tenía miedo. Se llamaba Michelle Robinson y vivía con toda su familia en un departamento de una sola habitación en Chicago.

—Tal vez no soy lo suficientemente inteligente. Tal vez no valgo lo suficiente —decía, angustiada.

Pero su madre le contestaba:

—Si se puede hacer, tú puedes hacerlo.

—Cualquier cosa es posible —le decía su papá.

Michelle se esforzó mucho. A veces, los profesores le decían que no aspirara a llegar lejos porque sus calificaciones no eran muy buenas. Algunas personas decían que nunca lograría nada porque «no era más que una joven negra del sur de Chicago». Pero Michelle decidió hacerle caso a sus padres.

«Cualquier cosa es posible», pensó. Así que se graduó en Harvard y entró a trabajar como abogada en un despacho importante. Un día, su jefe le pidió que orientara a un joven abogado nuevo, el cual se llamaba Barack Hussein Obama.

Michelle y Barack se enamoraron y algunos años después se casaron.

Un día, Barack le dijo que quería ser presidente de Estados Unidos. Al principio, Michelle pensó que estaba loco, pero luego recordó las palabras de su mamá: «Si se puede hacer, tú puedes hacerlo». Decidió renunciar a su trabajo y ayudarlo con su campaña.

Barack ganó las elecciones (¡dos veces!) y Michelle se convirtió en la primera afroamericana en ser primera dama de Estados Unidos. Su lema es: «Nadie nace siendo brillante. Te vuelves brillante a través del trabajo arduo».

NACIÓ EL 17 DE ENERO DE 1964

ESTADOS UNIDOS DE AMÉRICA

ILUSTRACIÓN DE
MARTA SIGNORI

SIEMPRE SÉ LEAL A TI MISMA
Y NUNCA PERMITAS QUE LO QUE
ALGUIEN MÁS DIGA TE DISTRAIGA
DE TUS OBJETIVOS.
MICHELLE OBAMA

MILLO CASTRO ZALDARRIAGA

PERCUSIONISTA

Había una vez una niñita que soñaba con tocar tambores. Vivía en una isla llena de música, colores y deliciosas frutas tropicales. Su nombre era Millo.

Todos en la isla sabían que sólo los niños tenían permitido tocar los tambores.

—Vete a tu casa —le gritaban a Millo—. Esto no es para niñas. —No sabían que la pasión musical de Millo era más fuerte que un cangrejo de los cocoteros.

Durante el día, Millo ponía atención a los ruidos que la rodeaban. El sonido de las palmeras al bailar con el viento, el del aleteo de los colibrís, el del agua al saltar en un charco con ambos pies… *¡Splash!*

Por las noches, se sentaba en la playa a oír el sonido del mar.

—¿Por qué no puedo tocar los tambores? —les preguntaba a las olas que rompían en la arena.

Un día, Millo convenció a su padre de que la llevara a clases de música. Timbales, congas, bongós… ¡Podía tocar cualquier percusión! Su maestro estaba tan impresionado que empezó a darle lecciones diarias.

—Tocaré en una banda de verdad —repetía Millo.

Cuando su hermana Cuchito armó Anacaona, la primera banda de baile conformada sólo por mujeres, Millo entró como percusionista a los diez años. Pronto pusieron a bailar a toda la isla.

Millo se convirtió en una música famosa a escala mundial. Incluso tocó en el cumpleaños del presidente de Estados Unidos cuando apenas tenía quince años.

CIRCA 1922

CUBA

ILUSTRACIÓN DE
SARAH WILKINS

¡LAS CHICAS TAMBIÉN
PUEDEN TOCAR LOS BONGÓS!
MILLO CASTRO ZALDARRIAGA

· LAS HERMANAS MIRABAL ·

ACTIVISTAS

Cuando un cruel dictador llamado Rafael Trujillo subió al poder en República Dominicana, cuatro hermanas empezaron a pelear por la libertad. Eran las hermanas Mirabal: Minerva, Patria, María Teresa y Dedé. La gente las llamaba las Mariposas.

Las cuatro hermanas repartieron panfletos y organizaron un movimiento de protesta contra Trujillo para restablecer la democracia en su país. Pero a Trujillo eso no le agradó.

Desde su punto de vista, mujeres como las hermanas Mirabal no servían más que como compañía en las fiestas. Debían hacerle cumplidos, aceptar flores y regalos, sonreír y dar las gracias. No debían alzar la voz, estar en desacuerdo ni intentar derrocar su régimen. La feroz independencia de las Mariposas lo asustaba, así que intentó silenciarlas por todos los medios.

Primero las encarceló, les impidió que ejercieran la ley, encerró a Minerva y a su madre en una habitación de hotel…, ¡e incluso intentó seducir a Minerva! Pero ella lo rechazó. Su dignidad no estaba en venta. No le interesaba ser la novia de un poderoso tirano. Sólo le importaba la libertad de su país.

El valor de las hermanas inspiró a los dominicanos y les dio fuerza para oponerse al régimen de Trujillo. Con el tiempo, Trujillo fue derrocado.

En el obelisco de cuarenta metros de altura que Trujillo erigió para celebrar su poder, hay ahora un mural que recuerda a las hermanas Mirabal, las cuatro mariposas que desafiaron al tirano.

PATRIA, 27 DE FEBRERO DE 1924 – 25 DE NOVIEMBRE DE 1960; MINERVA, 12 DE MARZO DE 1926 – 25 DE NOVIEMBRE DE 1960; MARÍA TERESA, 15 DE OCTUBRE DE 1935 – 25 DE NOVIEMBRE DE 1960; DEDÉ, 1 DE MARZO DE 1925 – 1 DE FEBRERO DE 2014

REPÚBLICA DOMINICANA

NO PODEMOS PERMITIR QUE
NUESTROS HIJOS CREZCAN EN
ESTE RÉGIMEN CORRUPTO
Y TIRÁNICO.
PATRIA MIRABAL

ILUSTRACIÓN DE
RITA PETRUCCIOLI

MIRIAM MAKEBA

ACTIVISTA Y CANTANTE

Hace algunos años, a la gente de Sudáfrica se le trataba distinto según el color de su piel. De hecho, era ilegal que personas negras y blancas pasaran tiempo juntas, se enamoraran y tuvieran hijos.

Este cruel sistema se llamaba *apartheid*.

A ese mundo llegó una niñita llamada Miriam que amaba cantar. Todos los domingos, Miriam iba a la iglesia con su mamá. Estaba tan desesperada por cantar con el coro que cada vez que podía se escabullía al fondo de la iglesia durante los ensayos.

Cuando creció, Miriam grabó más de cien canciones con su banda musical de mujeres, The Skylarks.

En sus canciones hablaba de la vida en Sudáfrica, de lo que la hacía feliz, de lo que la entristecía y de lo que la hacía enojar. Cantaba sobre bailar y sobre el *apartheid*.

La gente adoraba sus canciones, sobre todo una llamada «Pata Pata», que fue su mayor éxito. Sin embargo, al gobierno no le agradaba el mensaje contra el *apartheid* en las canciones de Miriam, así que quisieron silenciar su voz de protesta. Cuando Miriam salió del país en una gira musical, le quitaron el pasaporte y no le permitieron regresar.

Miriam viajó por todo el mundo y se convirtió en un símbolo del orgullo africano y de la lucha por la libertad y la justicia. La gente comenzó a llamarla Mamá África.

Treinta y dos años después, le permitieron volver a casa. Al poco tiempo, el *apartheid* fue derrocado finalmente.

4 DE MARZO DE 1932 – 9 DE NOVIEMBRE DE 2008

SUDÁFRICA

ILUSTRACIÓN DE
HELENA MORAIS SOARES

TODOS SE PONEN
A BAILAR CUANDO
SUENA «PATA PATA».
MIRIAM MAKEBA

MISTY COPELAND

BAILARINA

Una hermosa noche Misty se subió al escenario frente a un público silencioso para representar el papel principal de un *ballet* llamado *El pájaro de fuego*.

Misty era la única bailarina afroamericana en una de las compañías de danza más famosas del mundo, y era la primera vez que bailaba como *prima ballerina* (bailarina principal).

Al subir el telón, movió los brazos con la gracia de las alas de un ave, hizo piruetas y se desplazó por el escenario dando largos y hermosos saltos. El público se quedó pasmado.

Cuando finalmente bajó el telón, Misty reveló algo que nadie habría imaginado. Se había lastimado la pierna y sintió muchísimo dolor durante toda la función. Tenía seis fracturas en la espinilla izquierda y necesitaba cirugía.

Parecía sumamente cruel que la noche en la que alcanzó su sueño fuera la misma en la que le dijeron que quizá nunca volvería a bailar.

Para Misty era inaceptable. Amaba demasiado la danza. La danza y ella se habían hecho amigas cuando Misty tenía trece años y vivía en un motel con su mamá y sus cinco hermanos. La danza la había encontrado cuando Misty creía que sería imposible ganarse la vida haciendo algo que la apasionara.

Así que se sometió a la cirugía, recibió terapia y se esforzó más que nunca para estar en forma y volver a bailar con el American Ballet Theatre.

Finalmente, bailó en *El lago de los cisnes* como un auténtico cisne negro, más fuerte y elegante que nunca.

NACIÓ EL 10 DE SEPTIEMBRE DE 1982

ESTADOS UNIDOS DE AMÉRICA

LA DANZA ME
ENCONTRÓ A MÍ.
MISTY COPELAND

ILUSTRACIÓN DE
PING ZHU

• NANCY WAKE •

ESPÍA

Había una vez una joven que se convirtió en agente secreta.

Cuando tenía apenas dieciséis años, viajó por sí sola de Australia a Inglaterra y convenció a un periódico de contratarla. Cuando se desató la Segunda Guerra Mundial, se unió a los Maquis, la resistencia francesa, para combatir a los nazis.

Después de escapar a Inglaterra, Nancy fue lanzada con paracaídas en Francia para que pudiera ayudar a entrenar y organizar a los guerrilleros, y rescatar a los pilotos británicos que habían sido derribados en Francia. Les consiguió documentos de identificación falsos y los trasladó por las montañas hasta España, desde donde llegarían al Reino Unido a salvo.

Nancy engañaba con frecuencia a la Gestapo, la policía secreta alemana, y no tardó en formar parte de su lista de los más buscados. La apodaban el Ratón Blanco porque parecía que era imposible capturarla.

Nancy también fue una gran soldado. Era excelente tiradora y nunca perdía la calma. Cuando su unidad sufrió un ataque sorpresa por parte de los alemanes, Nancy tomó el mando de una sección cuyo líder había muerto y, con una serenidad excepcional, organizó la retirada y evitó más pérdidas humanas.

Cuando la guerra terminó y Francia fue liberada, Nancy recibió la Medalla George del Reino Unido. Los franceses le dieron tres medallas Cruz de Guerra y la Medalla de la Resistencia, y más tarde la nombraron Caballero de la Legión de Honor, que es la mayor condecoración que tienen. Por su parte, los estadounidenses le dieron la Medalla de la Libertad.

30 DE AGOSTO DE 1912 – 7 DE AGOSTO DE 2011

NUEVA ZELANDA

ILUSTRACIÓN DE
MONICA GARWOOD

¡POR DIOS! ¿ACASO LOS
ALIADOS ME ENVIARON A
FRANCIA A FREÍRLES HUEVOS
Y TOCINO A LOS HOMBRES?
NANCY WAKE

· NANNY DE LOS CIMARRONES ·

REINA

Hace muchos, muchos años, vivió en Jamaica una esclava fugitiva cuyos ancestros pertenecieron a la realeza africana. Se le conocía como la reina Nanny, y era la lideresa de un grupo de esclavos fugitivos llamados cimarrones.

En esa época, Jamaica estaba ocupada por los británicos, quienes habían esclavizado y deportado africanos a este país para que trabajaran en los campos de caña de azúcar. Sin embargo, la reina Nanny quería libertad para ella y los suyos, así que escapó, liberó a muchos otros esclavos y los guio hasta las montañas, en donde construyeron una población llamada Nanny Town.

El único camino para llegar a Nanny Town era un sendero muy estrecho en medio de la selva. La reina Nanny les enseñó a los cimarrones a cubrirse con hojas y ramas para camuflarse con la jungla.

Mientras los soldados británicos caminaban por la selva en una sola fila, no tenían idea de que estaban rodeados. Sin embargo, al sonar una señal, los «árboles» a su alrededor de pronto brincaron y los atacaron.

El único problema que tenía Nanny Town era que sus habitantes pasaban hambre.

Una noche, debilitada por el hambre y preocupada por su gente, la reina Nanny se quedó dormida y soñó que uno de sus ancestros le dijo:

—No te des por vencida. La comida está a la mano.

Cuando despertó, encontró semillas de calabaza en sus bolsillos. Las plantó en la ladera y al poco tiempo su tribu tuvo mucha comida.

Desde entonces, la colina cercana a Nanny Town se llama la Colina de las calabazas.

CIRCA 1686 – CIRCA 1733

JAMAICA

ILUSTRACIÓN DE
CAMILLA PERKINS

AHORA SOY LIBRE.
NANNY DE LOS CIMARRONES

• NELLIE BLY •

REPORTERA

En un pueblito de Pensilvania vivía una niña que siempre se vestía de rosa. Esa niña se llamaba Nellie.

Cuando su padre murió, la familia enfrentó tiempos muy difíciles. Nellie salió a buscar trabajo para ayudar a su mamá a pagar las cuentas.

Un día, Nellie leyó en un periódico local un artículo titulado «Para qué son buenas las mujeres». En ese artículo, se describía a las mujeres que trabajaban como «monstruos», pues el autor creía que las mujeres debían quedarse en casa. Nellie estaba furiosa, así que escribió una carta arrolladora al editor del periódico.

El editor quedó impresionado con su estilo de escritura y le ofreció trabajo como reportera.

Nellie no tardó en demostrar que era una periodista de investigación muy valiente. Se mudó a Nueva York y entró a trabajar a *The New York World*, un periódico dirigido por un famoso hombre llamado Joseph Pulitzer. En una ocasión, Nellie fingió tener una enfermedad mental y logró que la internaran en un psiquiátrico sólo para exponer cómo maltrataban a los pacientes. Era una mujer intrépida, inteligente y compasiva.

El periódico le planteó un desafío. Julio Verne había escrito una novela llamada *La vuelta al mundo en 80 días*. ¿Podría ella darle la vuelta al mundo en menos tiempo? Nellie tardó unas cuantas horas en hacer su maleta y subirse a un barco de vapor en el puerto de Nueva York. Viajó a un ritmo extenuante en barco, tren y hasta en burro. La gente apostaba a si lo lograría o no. Finalmente, setenta y dos días, seis horas y once minutos después, Nellie volvió a Nueva York. ¡Lo había logrado!

5 DE MAYO DE 1864 – 27 DE ENERO DE 1922

ESTADOS UNIDOS DE AMÉRICA

NUNCA HE ESCRITO UNA PALABRA
QUE NO ME SALGA DEL CORAZÓN,
NI NUNCA LO HARÉ.
NELLIE BLY

THE NE...

NELLIE
BLY

BEST REPORTER
IN THE U.S.

ILUSTRACIÓN DE
ZARA PICKEN

· N E T T I E S T E V E N S ·

GENETISTA

Había una vez una maestra llamada Nettie Stevens que decidió que quería ser científica. Ahorró tanto dinero como pudo y cuando tuvo treinta y cinco años se mudó a California para entrar a la Universidad de Stanford.

Mientras estudiaba, se obsesionó con la idea de descubrir por qué los niños se convertían en niños y las niñas en niñas. Estaba convencida de que la respuesta a esa pregunta estaba en las células.

La humanidad se había hecho esa misma pregunta desde hacía casi dos mil años. Los científicos y filósofos habían inventado toda clase de teorías para explicarlo: algunos decían que dependía de la temperatura corporal del padre, mientras que otros decían que era cuestión de nutrición. En realidad, nadie tenía idea.

Para resolver el misterio de una vez por todas, Nettie empezó a estudiar gusanos de harina.

Después de examinar sus células bajo el microscopio durante horas, hizo un descubrimiento importante. Las larvas femeninas tenían veinte cromosomas largos, mientras que las larvas masculinas sólo tenían diecinueve cromosomas largos y uno corto.

—¡Lotería! —exclamó Nettie con los ojos pegados al microscopio.

Un científico llamado Edmund Wilson hizo un descubrimiento similar casi al mismo tiempo, pero no se dio cuenta de lo importante que era. Wilson creía que el sexo también estaba determinado por el medio ambiente, pero Nettie lo contradijo.

—No. Todo está en los cromosomas —dijo Nettie. Y tenía razón.

7 DE JULIO DE 1861 – 4 DE MAYO DE 1912

ESTADOS UNIDOS DE AMÉRICA

ILUSTRACIÓN DE
BARBARA DZIADOSZ

ACEPTARÉ PREGUNTAS DE
MIS ESTUDIANTES SIEMPRE
Y CUANDO SIGA SINTIENDO
ENTUSIASMO POR LA BIOLOGÍA,
LO CUAL ESPERO QUE OCURRA
POR EL RESTO DE MIS DÍAS.
NETTIE STEVENS

• NINA SIMONE •

CANTANTE

Nina era una niña orgullosa y con mucho talento. Mientras su mamá escuchaba misa en la iglesia, Nina se escabullía, se trepaba al asiento del órgano y aprendía a tocar «God Be with You Till We Meet Again». En ese entonces tenía tres años.

Cuando Nina tenía cinco años, la empleadora de su mamá ofreció pagarle lecciones de piano, así que Nina empezó a estudiar para ser pianista clásica. Estaba comprometida, se esforzaba mucho y tenía un talento extraordinario. A los doce años dio su primer concierto. Sus padres estaban sentados en la primera fila, pero los obligaron a moverse al fondo de la sala para cederles el lugar a un par de personas blancas. Nina se negó a empezar a tocar hasta que volvieran a sentar a sus padres hasta el frente.

Nina vertía su pasión y su orgullo en la música, y no soportaba el racismo. Quería que la gente negra se sintiera orgullosa, fuera libre y reconociera sus propios talentos y pasiones sin juicios ajenos.

Por eso escribió canciones como «Brown baby» o «Young, gifted and black». Nina Simone entendía cómo el racismo hería a la gente, así que quería que encontraran fuerzas en sus canciones.

—Lo peor de ese tipo de prejuicio es que, aunque te sientes lastimada y enojada y demás, también alimenta tus inseguridades. Y entonces empiezas a pensar que tal vez no vales lo suficiente —afirmaba.

Nina decidió cultivar su talento y no sus temores, y con el tiempo se convirtió en una de las cantantes de *jazz* más famosas del mundo.

21 DE FEBRERO DE 1933 – 21 DE ABRIL DE 2003

ESTADOS UNIDOS DE AMÉRICA

TE DIRÉ QUÉ ES LA
LIBERTAD PARA MÍ
AUSENCIA DE MIEDO
NINA SIMONE

POLICARPA SALAVARRIETA

ESPÍA

Había una vez en Bogotá una costurera que también era espía. Su verdadero nombre era un secreto, pero la gente la conocía como Policarpa Salavarrieta.

Cuando era niña, su abuela le enseñó a coser. En ese entonces, ni siquiera se imaginaba que algún día su destreza con la costura ayudaría a armar una revolución en su país.

En esa época, Colombia era gobernada por la lejana Corona española. Muchas personas, llamadas realistas, estaban orgullosas de tener un rey español. Otros eran revolucionarios, como Policarpa, y querían que Colombia fuera un país libre.

Los realistas siempre estaban atentos a descubrir las identidades de los revolucionarios, por lo que Policarpa tenía que cambiarse el nombre con frecuencia para evitar que la capturaran.

Policarpa trabajaba como costurera en las casas de familias realistas y, mientras zurcía la ropa de las damas, escuchaba información sobre los planes realistas que después les pasaba a sus amigos revolucionarios.

Un día, un mensajero que llevaba información que le había dado Policarpa fue capturado y su identidad secreta fue revelada. La arrestaron y le dijeron que sólo le perdonarían la vida si les daba los nombres de sus amigos revolucionarios. Policarpa los miró fijamente a los ojos y les dijo:

—Soy mujer y joven. No pueden intimidarme.

Policarpa sigue inspirando a hombres y mujeres de Colombia y de todo el mundo para luchar por la libertad y la justicia sin miedo.

26 DE ENERO DE 1795 – 14 DE NOVIEMBRE DE 1817

COLOMBIA

ME SOBRA VALOR.
POLICARPA
SALAVARRIETA

ILUSTRACIÓN DE
PAOLA ESCOBAR

• RITA LEVI-MONTALCINI •

CIENTÍFICA

Cuando la nana de Rita murió de cáncer, Rita decidió que quería ser doctora.

Le fascinaban en particular las neuronas, que son las células del cerebro. Por lo tanto, después de graduarse, Rita trabajó con un profesor extraordinario llamado Giuseppe Levi y un grupo de científicos sobresalientes de su generación.

Justo cuando estaban haciendo una investigación muy importante, un cruel dictador aprobó una ley que les prohibía a las personas judías trabajar en la universidad.

Rita huyó a Bélgica con su profesor, quien también era judío. Sin embargo, cuando los nazis invadieron Bélgica, Rita tuvo que escapar de nuevo, así que regresó a Italia.

Es difícil trabajar como científica si debes mantenerte escondida todo el tiempo y no tienes acceso a un laboratorio. Pero Rita no se dio por vencida y convirtió su recámara en un pequeño centro de investigación. También afiló agujas de tejer para crear instrumentos quirúrgicos, colocó un pequeño quirófano frente a su cama en el cual disecaba pollos y estudiaba sus células bajo el microscopio.

Cuando bombardearon su ciudad, Rita tuvo que escapar de nuevo y luego una vez más. A pesar de ir de escondite en escondite, y sin importar dónde estuviera, Rita seguía trabajando.

Por su trabajo en el campo de la neurobiología, recibió el Premio Nobel de Medicina, con lo cual fue la tercera persona de su escuela de medicina en recibir ese premio.

22 DE ABRIL DE 1909 – 30 DE DICIEMBRE DE 2012

ITALIA

ILUSTRACIÓN DE
CRISTINA AMODEO

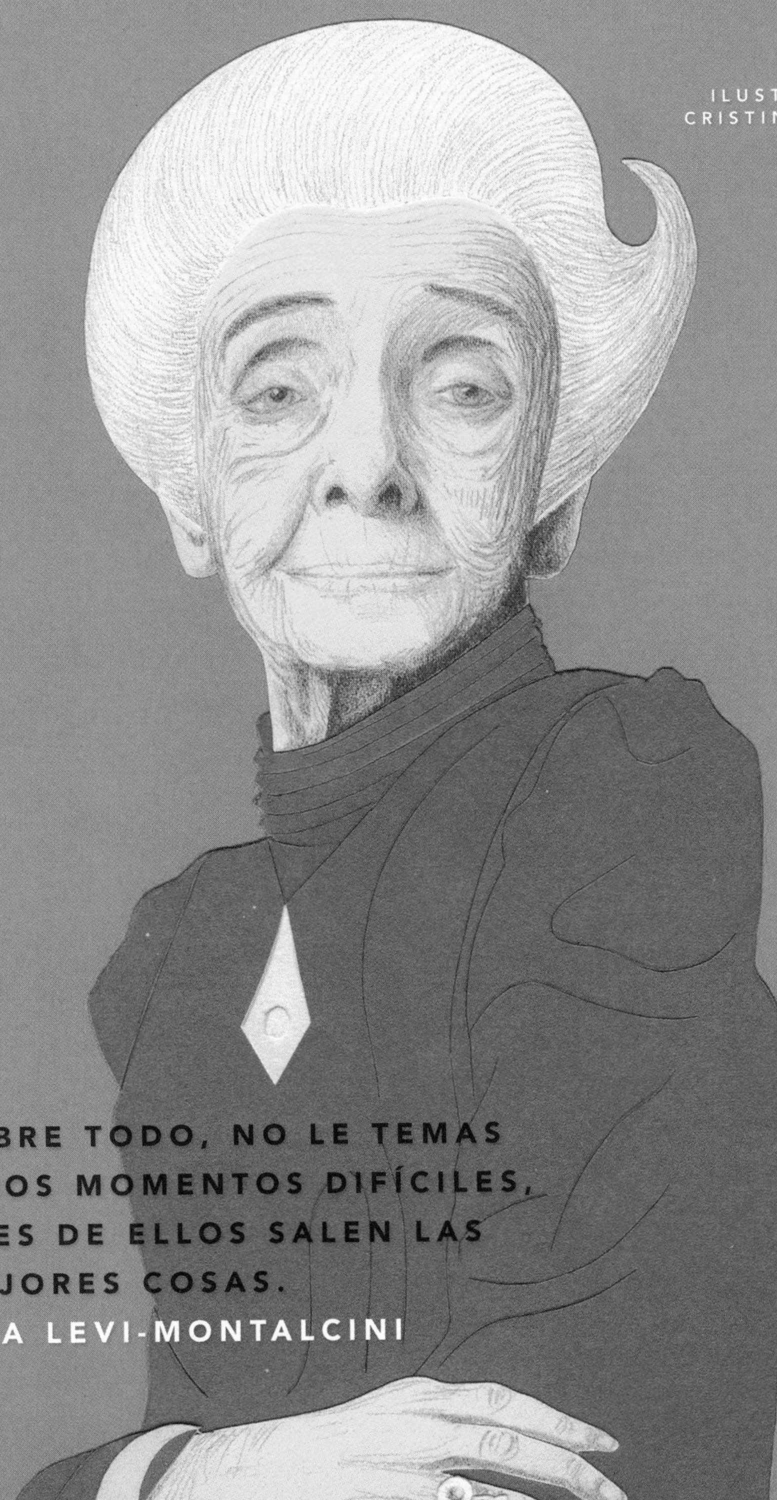

SOBRE TODO, NO LE TEMAS
A LOS MOMENTOS DIFÍCILES,
PUES DE ELLOS SALEN LAS
MEJORES COSAS.
RITA LEVI-MONTALCINI

ROSA PARKS

ACTIVISTA

Hace ya algunos años, la ciudad de Montgomery, Alabama, era un lugar de segregación. La gente negra y la gente blanca iban a distintas escuelas, rezaban en distintas iglesias, compraban en distintas tiendas, subían en elevadores distintos y bebían de bebederos diferentes. Aunque todos usaran los mismos autobuses, debían sentarse en zonas diferentes; los blancos adelante y la gente negra atrás. Rosa Parks creció en ese mundo blanco y negro.

Era un mundo difícil para la gente negra, y muchos estaban furiosos y tristes por la segregación, pero si se manifestaban terminaban en la cárcel.

Un día, a sus cuarenta y dos años, Rosa estaba sentada al fondo de un autobús cuando volvía a casa del trabajo. Estaba repleto y ya no había lugares en la sección delantera reservada para la gente blanca, así que el conductor le dijo a Rosa que le cediera su lugar a una persona blanca que acababa de subir.

Rosa dijo que no.

Esa noche la pasó en la cárcel, pero su valentía le demostró a la gente que era posible decirle no a la injusticia.

Los amigos de Rosa iniciaron un boicot. Les pidieron a todas las personas negras que no usaran los autobuses de la ciudad hasta que la ley cambiara. La voz se corrió como pólvora y el boicot duró trescientos ochenta y un días. Cuando la Suprema Corte de Justicia de Estados Unidos declaró inconstitucional la segregación, se terminó el boicot.

En otros estados, la segregación no fue prohibida sino hasta diez años después, pero finalmente ocurrió gracias a ese valiente «no» de Rosa.

---

4 DE FEBRERO DE 1913 – 24 DE OCTUBRE DE 2005

ESTADOS UNIDOS DE AMÉRICA

ILUSTRACIÓN DE
SALLY NIXON

ME GUSTARÍA SER RECORDADA
COMO ALGUIEN QUE QUISO SER
LIBRE... Y ASÍ OTRAS PERSONAS
TAMBIÉN PODRÁN SERLO.
ROSA PARKS

RUTH BADER GINSBURG

Había una vez una niña que soñaba con ser una gran abogada.

—¿Abogada? —le decían en tono burlón—. ¡No seas ridícula! Los abogados y los jueces siempre son hombres.

Ruth prestó atención y se dio cuenta de que era cierto. «Pero no hay razón para que siga siendo así», pensó para sus adentros. Envió su solicitud de ingreso a la Escuela de Derecho de Harvard y no tardó en ser una de las alumnas más brillantes.

Marty, su esposo, también era estudiante de Harvard.

«Tu esposa debería quedarse en casa horneando galletitas y cuidando a la bebé», solían decirle. Pero Marty no les hacía caso. ¡Ruth era pésima en la cocina! Además, a él le encantaba cuidar a su hija y estaba muy orgulloso de su brillante esposa.

A Ruth la apasionaban los derechos de las mujeres y defendió seis casos emblemáticos sobre equidad de género ante la Suprema Corte de Justicia de Estados Unidos. Luego se convirtió en la segunda jueza de la Suprema Corte en la historia del país. La Suprema Corte está compuesta por nueve jueces.

—Si me preguntan cuándo habrá suficientes mujeres en la Suprema Corte, contestaré que cuando haya nueve. La gente se escandaliza, pero siempre ha habido nueve hombres y nunca nadie lo ha visto con malos ojos.

A pesar de tener más de ochenta años, Ruth hace veinte lagartijas al día y se ha convertido en un ícono de la moda gracias a los peculiares collares que usa junto con su toga negra.

NACIÓ EL 15 DE MARZO DE 1933

ESTADOS UNIDOS DE AMÉRICA

ILUSTRACIÓN DE
ELEANOR DAVIS

¡YO DISIENTO!
RUTH BADER GINSBURG

· RUTH HARKNESS ·

EXPLORADORA

Hace mucho tiempo, los zoológicos no sabían cómo cuidar a los animales que adquirían. De hecho, era poco común que un animal exótico sobreviviera el viaje a otro continente. Los visitantes estaban acostumbrados a ver animales muertos y disecados, y era difícil sentir algún tipo de simpatía por un animal disecado.

Así que cuando el esposo de Ruth decidió llevar a Estados Unidos un panda vivo desde China fue toda una noticia. Sin embargo, a los pocos meses de haber llegado a China, el esposo de Ruth murió.

Ruth trabajaba como diseñadora de modas en Nueva York y no sabía gran cosa de China. Pero extrañaba a su esposo y le encantaban las aventuras, por lo que pensó: «Terminaré lo que Bill empezó. Iré a China y traeré un panda vivo».

En China, Ruth recorrió espesos bosques y ascendió hasta llegar a antiguos monasterios, siguiendo el río de día y haciendo fogatas por las noches. Una vez escuchó un ruido fuera de lo común. Ruth buscó la fuente del ruido en medio del bosque y encontró un bebé panda escondido en un tronco hueco. Lo tomó en brazos sin saber qué hacer. Lo alimentó con leche y, al volver a la ciudad, le compró un abrigo de piel para que el panda se sintiera mejor al abrazarlo.

Ruth nombró al panda Su Lin y lo llevó desde China hasta el zoológico de Chicago. Decenas de miles de personas vieron lo hermoso que era Su Lin y aprendieron que todos los animales salvajes merecen respeto y amor.

21 DE SEPTIEMBRE DE 1900 – 20 DE JULIO DE 1947

ESTADOS UNIDOS DE AMÉRICA

NO SÉ SI SEA HUMANAMENTE
POSIBLE TRAER UN PANDA
VIVO, PERO CREO QUE SI LO
ES, YO LO LOGRARÉ.
RUTH HARKNESS

ILUSTRACIÓN DE
CLAUDIA CARIERI

· SEONDEOK DE SILLA ·

REINA

Había una vez, en Silla, uno de los tres reinos de Corea, una brillante chica de catorce años llamada Seondeok que se convirtió en reina.

A un noble llamado lord Bidam no le agradó la idea, así que lideró una revuelta contra Seondeok con el eslogan de: «¡Las niñas no pueden ser reyes!». Una noche, Bidam vio una estrella fugaz y dijo que era señal de que el reinado de Seondeok terminaría pronto.

Sin embargo, Seondeok voló un cometa y le dijo a la gente que su estrella estaba de vuelta en el cielo.

No era la primera vez que Seondeok maravillaba a todos con una maniobra brillante. Cuando era niña, su padre, el rey, le había dado un paquete de semillas de amapola con un dibujo de amapolas hecho por el emperador de China.

—Serán flores hermosas —dijo Seondeok al ver la ilustración del paquete—. Es una lástima que no tengan un aroma dulce.

—¿Cómo lo sabes? —le preguntó su padre.

—Si tuvieran aroma dulce, habría abejas o mariposas en el dibujo.

Cuando las flores brotaron, resultó que Seondeok tenía razón: no tenían aroma.

La joven reina envió estudiosos a China a aprender las lenguas y las costumbres, y así forjar lazos sólidos de amistad entre los dos países.

Después de veintiséis reyes, Seondeok fue la primera reina de Silla.

CIRCA 606 – 17 DE FEBRERO DE 647

COREA

MÁS DIFÍCIL QUE GANAR
LA CONFIANZA DE LAS
PERSONAS ES TENER
QUE ABANDONARLAS.
SEONDEOK
DE SILLA

SERENA Y VENUS WILLIAMS

TENISTAS

Había una vez un hombre llamado Raúl que tenía un puesto de tacos en una esquina de la ciudad de Compton.

Todos los días, Raúl veía pasar a un hombre y sus dos hijas de camino hacia una cancha de tenis cercana. El hombre se llamaba Richard Williams y sus hijas eran Venus y Serena. Todos los días, Richard llevaba un canasto de pelotas de tenis a la cancha y les enseñaba a sus hijas a jugar.

En ese entonces, Serena tenía cuatro años. Era tan pequeña que cuando se sentaba en la banca sus pies no alcanzaban el suelo. Solía ser la jugadora más joven en los torneos a los que la inscribía su papá, pero eso no le impedía ganar.

En Compton había pandillas que a veces causaban problemas, pero cuando veían a Venus y a Serena jugar tenis se sentían inspiradas por su pasión y determinación. Se quedaban paradas junto a la cancha, maravilladas, y se aseguraban de que nadie molestara a las hermanas.

Venus y Serena entrenaban mucho y vivían para jugar tenis. En su adolescencia, eran tan fuertes que su papá aseguró que iban camino a convertirse en las mejores tenistas de todo el mundo.

¡Y eso fue justo lo que ocurrió! Ambas hermanas han sido las número uno del mundo.

Hasta la fecha, Venus y Serena siguen enorgulleciendo a Raúl, a su padre y a toda la ciudad de Compton.

SERENA NACIÓ EL 26 DE SEPTIEMBRE DE 1981;
VENUS NACIÓ EL 17 DE JUNIO DE 1980
ESTADOS UNIDOS DE AMÉRICA

ILUSTRACIÓN DE
DEBORA GUIDI

SOY FASCINANTE.
SONRÍO MUCHO. GANO
MUCHO. Y, ADEMÁS,
SOY MUY SEXY.
SERENA WILLIAMS

SIMONE BILES

GIMNASTA

Había una vez una niña que podía volar. Se llamaba Simone Biles. Simone era gimnasta, la mejor en toda la historia de Estados Unidos. Cuando Simone empezaba su rutina, la gente no le podía quitar los ojos de encima. ¡Era rapidísima, muy fuerte, superflexible y sumamente ágil! Volaba por los aires con mucha gracia y velocidad, haciendo giros y vueltas, y siempre lograba aterrizajes perfectos.

Simone empezó a practicar gimnasia a los seis años. A los dieciocho años había ganado tantas medallas que cuando viajó a las Olimpiadas de Río la gente no esperaba que ganara una medalla, sino cinco.

Un día, una periodista le preguntó:

—¿Cómo lidias con ese tipo de presión?

—Intento no pensar en ello. Por ahora, mi meta es ser más consistente en las barras asimétricas.

—¿Y qué hay de la meta de ganar una medalla de oro?

—Las medallas no pueden ser metas —contestó Simone con una sonrisa—. Es como dice mi mamá: «Si dar lo mejor de ti te hace salir primera, ¡genial! Si significa terminar en cuarto lugar, también es genial».

La mamá de Simone la adoptó cuando tenía tres años, y desde entonces le enseñó que ser humilde y dar lo mejor de sí misma eran la única forma de llevar una vida significativa e inspirar a la gente a su alrededor.

En las Olimpiadas de Río, Simone ganó cinco medallas, ¡y cuatro fueron de oro!

NACIÓ EL 14 DE MARZO DE 1997

ESTADOS UNIDOS DE AMÉRICA

ILUSTRACIÓN DE
ELINE VAN DAM

ESTOY HECHA ASÍ
POR ALGUNA RAZÓN,
ASÍ QUE VOY A
APROVECHARLO.
SIMONE BILES

SONITA ALIZADEH

RAPERA

Cuando Sonita tenía diez años, sus padres le dijeron:

—Tenemos que venderte en matrimonio. —Y empezaron a comprarle ropa más bonita y a cuidarla más que antes.

Sonita no entendía bien qué significaba eso, pero sí sabía que no quería casarse. Quería estudiar, escribir y cantar. Se lo dijo a su madre, pero ella le contestó:

—Necesitamos el dinero para comprarle una novia a tu hermano mayor. No hay opción. Tenemos que venderte.

En el último minuto, los arreglos del matrimonio se vinieron abajo. Se desató una guerra en Afganistán, en donde vivía la familia de Sonita, y ella y su hermano fueron enviados a un campo de refugiados en Irán. Sonita entró a una escuela cercana y comenzó a escribir sus canciones.

Cuando tenía dieciséis años, su madre fue a visitarlos. Le dijo a Sonita que debía volver a Afganistán porque habían encontrado otro esposo que quería comprarla. De nuevo, Sonita se negó. Amaba a su mamá, pero no quería casarse. Quería ser rapera.

Escribió una canción muy exitosa llamada «Brides for sale» y la subió a YouTube. El video se hizo viral y Sonita se volvió famosa. Gracias a eso, ganó una beca para estudiar música en Estados Unidos.

—En mi país, las niñas buenas se quedan calladas —dice Sonita—, pero yo quiero compartir las palabras que traigo en el corazón.

NACIÓ EN 1996

AFGANISTÁN

ESTOY HARTA DEL SILENCIO.
SONITA ALIZADEH

ILUSTRACIÓN DE
SAMIDHA GUNJAL

SYLVIA EARLE

BIÓLOGA MARINA

Había una vez una joven científica a la que le encantaba bucear de noche, cuando el océano está a oscuras y no se sabe si los peces están despiertos o dormidos.

—En las noches ves muchos peces que no se ven en el día —decía.

Su nombre era Sylvia.

Sylvia dirigió un equipo de buzos y con su equipo vivió bajo el agua durante semanas, saliendo a bucear en toda clase de vehículos submarinos para estudiar la vida en el océano como nunca nadie lo había hecho.

Una noche, Sylvia se puso un traje especial. Era gris con blanco y tan grande como un traje espacial. Tenía un casco redondo gigantesco con cuatro ventanas redondas desde las cuales podía asomarse. A diez kilómetros de la costa, buceó más profundo que cualquiera sin manguera de rescate. Ahí, donde la oscuridad es más negra que el cielo sin estrellas, y sólo con la ligera luz de una lámpara submarina, Sylvia puso un pie en el suelo marino, tal como lo hizo el primer hombre en la Luna, con un traje similar, pero a cientos de kilómetros de distancia, en el espacio exterior.

—Sin el océano no habría vida en la Tierra —explicaba Sylvia—. No habría humanos, ni animales, ni oxígeno, ni plantas. Si no conocemos el océano, no podemos amarlo.

Silvia ha estudiado corrientes ocultas, ha descubierto plantas submarinas y ha saludado a los peces de las profundidades.

—Debemos cuidar de los mares —dice—. ¿Se unirían a mí en una misión para proteger el corazón azul de la Tierra?

NACIÓ EL 30 DE AGOSTO DE 1935

ESTADOS UNIDOS DE AMÉRICA

HE TENIDO LA FORTUNA
DE PASAR MILES DE
HORAS BAJO EL MAR.
DESEARÍA PODER LLEVAR
A LA GENTE CONMIGO
PARA QUE VIERAN
LO QUE YO HE VISTO
Y SUPIERAN LO
QUE YO SÉ.
SYLVIA EARLE

TAMARA DE LEMPICKA

PINTORA

A una elegante casa en San Petersburgo, Rusia, llegó un pintor a hacer un retrato de una niña de doce años llamada Tamara.

A Tamara no le gustó el trabajo y pensó que ella podía hacerlo mejor.

Años después, mientras estaba en la ópera con su tía, Tamara vio a un hombre entre la multitud. Desde ese instante supo que era el hombre con el que se casaría. Y así fue. El hombre se llamaba Tadeusz.

Cuando se desató la revolución en Rusia, Tadeusz fue encarcelado. Tamara logró que lo liberaran y organizó su huida a París.

En ese entonces, París era el centro de la vida artística, y ahí fue donde hizo realidad su sueño infantil de convertirse en pintora. No tardó en volverse famosa. Las celebridades hacían fila para que Tamara las retratara.

Al estallar la Segunda Guerra Mundial, Tamara decidió mudarse a Estados Unidos. Con el tiempo, su estilo audaz y llamativo pasó de moda. Cuando una de sus exposiciones recibía una mala reseña, Tamara perdía los estribos y juraba que no volvería a pintar jamás.

Tamara se mudó a México, en donde vivió en una hermosa casa hasta que murió a los ochenta y dos años, acompañada de su hija Kizette.

Pidió que sus cenizas fueran esparcidas alrededor del volcán Popocatépetl. Fue un final apropiado para una mujer con extraordinario genio artístico y una personalidad explosiva.

Hoy en día, sus pinturas valen millones de dólares. Tamara estaría orgullosa de saber que la cantante Madonna es una de sus más grandes admiradoras.

16 DE MAYO DE 1898 – 18 DE MARZO DE 1980

POLONIA

VIVO LA VIDA AL MARGEN DE LA SOCIEDAD, Y LAS REGLAS DE LA SOCIEDAD CONVENCIONAL NO APLICAN PARA QUIENES VIVIMOS EN LA PERIFERIA. TAMARA DE LEMPICKA

ILUSTRACIÓN DE MARTA SIGNORI

• VIRGINIA WOOLF •

ESCRITORA

Había una vez una niña que vivía en Londres y que creó su propio periódico sobre su familia. Esa niñita se llamaba Virginia.

Virginia era ingeniosa, culta y muy sensible. Siempre que algo malo pasaba, se sentía sumamente triste durante semanas. Cuando estaba contenta, era la niña más alegre del planeta.

«Vivo intensamente», escribió Virginia en su diario.

Virginia padecía una enfermedad llamada depresión, y los cambios de humor la afectaron siempre. Sin embargo, sin importar su estado de ánimo, siempre escribía. Llevaba un diario y escribía poemas, novelas y reseñas. Escribir le permitía ver sus propios sentimientos con más claridad y de ese modo alumbrar las emociones humanas en general.

Había alguien a quien Virginia amaba tanto como la escritura: a su esposo Leonard.

Virginia y Leonard eran inmensamente felices juntos y se amaban con locura, pero a veces la depresión de Virginia le hacía difícil sentir alegría. En ese tiempo, no había tratamientos efectivos para la depresión, además de que mucha gente no creía que fuera real.

Hoy en día, la depresión tiene tratamiento. Ya sea que estés feliz, triste o algo intermedio, siempre es buena idea registrar tu estado de ánimo en un diario. Podrías convertirte en una gran escritora como Virginia y ayudar a otras personas a entender sus emociones y a llevar vidas llenas de sueños.

25 DE ENERO DE 1882 – 28 DE MARZO DE 1941

REINO UNIDO

ILUSTRACIÓN DE
ANA JUAN

ESTOY ENRAIZADA,
PERO FLUYO.
VIRGINIA WOOLF

WANG ZHENYI

ASTRÓNOMA

Había una vez una joven china a la que le gustaba estudiar toda clase de cosas. Le encantaban las matemáticas, las ciencias, la geografía, la medicina y escribir poesía. También era una excelente jinete, arquera y artista marcial. Esa joven se llamaba Wang.

Wang hizo muchos viajes y sentía curiosidad por todo, pero en especial por la astronomía. Pasaba horas estudiando los planetas, el Sol, las estrellas y la Luna.

En ese tiempo, la gente creía que los eclipses lunares eran señal de que los dioses estaban enojados. Wang sabía que eso no podía ser cierto y decidió demostrarlo con un experimento. En el pabellón de un jardín, Wang puso una mesa redonda —la Tierra— y del techo colgó una lámpara —el Sol—, mientras que a un costado colocó un gran espejo redondo: la Luna.

Después empezó a mover los objetos tal como se mueven en el cielo, hasta que el Sol, la Tierra y la Luna estuvieron en línea recta, con la Tierra en medio.

—¿Ya lo ven? Los eclipses lunares ocurren cada vez que la Luna pasa directamente por la sombra de la Tierra.

Wang también entendía la importancia de hacer las matemáticas y las ciencias accesibles a la gente común, por lo que dejó de lado el lenguaje aristocrático y escribió un artículo para explicar la fuerza de gravedad.

Su reputación se extendió a lo largo y ancho del planeta. Además, en sus poemas solía escribir sobre la importancia de la igualdad entre hombres y mujeres.

CIRCA 1768 – CIRCA 1797

CHINA

ILUSTRACIÓN DE
ANA GALVÁN

LAS HIJAS TAMBIÉN
PODEMOS SER HEROICAS.
WANG ZHENYI

• WANGARI MAATHAI •

ACTIVISTA

Había una vez una mujer llamada Wangari que vivía en Kenia. Cuando los lagos y los arroyos cercanos a su aldea empezaron a secarse y a desaparecer, Wangari supo que debía hacer algo, así que convocó a algunas de las otras mujeres a una reunión.

—El gobierno taló árboles para hacer granjas, así que ahora hay que caminar más lejos para conseguir leña —dijo una de ellas.

—¡Recuperemos los árboles! —exclamó Wangari.

—¿Cuántos? —le preguntaron.

—Con unos millones bastará —contestó ella.

—¿Millones? ¿Estás loca? ¡No hay invernadero lo suficientemente grande como para plantar tantos árboles!

—No los compraremos en un invernadero. Los criaremos en nuestras propias casas.

Wangari y sus amigas recolectaron semillas del bosque y las plantaron en latas. Las regaron y las cuidaron hasta que las plantas alcanzaron treinta centímetros de altura. Luego plantaron los arbolitos en sus jardines.

Al principio fueron unas cuantas mujeres pero, como cualquier árbol que sale de una diminuta semilla, la idea se fue regando hasta convertirse en un movimiento generalizado.

El Movimiento Cinturón Verde se difundió más allá de las fronteras de Kenia. Las mujeres plantaron cuarenta millones de árboles, y Wangari Maathai recibió el Premio Nobel de la Paz por su labor. Wangari lo celebró plantando un árbol.

1 DE ABRIL DE 1940 – 25 DE SEPTIEMBRE DE 2011

KENIA

ESTE ES EL MOMENTO.
WANGARI MAATHAI

• WILMA RUDOLPH •

ATLETA

Hace mucho tiempo, antes de que se descubriera la vacuna contra la polio, los niños no estaban protegidos contra esa terrible enfermedad, y Wilma era una niñita cuando contrajo polio y quedó con una pierna paralizada.

—No estoy seguro de que pueda volver a caminar —dijo su médico.

—Claro que volverás a caminar, cariño. Te lo prometo —le susurró su mamá.

Cada semana, la mamá de Wilma la llevaba a la ciudad para su tratamiento. A diario, sus veintiún hermanos y hermanas se turnaban para masajearle la pierna débil. Wilma debía usar aparatos ortopédicos en las piernas para caminar, y los niños crueles de su barrio se burlaban de ella. A veces, cuando sus padres salían de casa, Wilma intentaba caminar sin los aparatos. Era difícil, pero poco a poco fue volviéndose más fuerte.

A los nueve años, la promesa que le hizo su mamá se volvió realidad. ¡Wilma logró caminar por sí sola! ¡Incluso empezó a practicar basquetbol!

Le encantaba brincar y correr, así que no lo pensó dos veces cuando el entrenador le preguntó si quería unirse al equipo de atletismo.

Wilma compitió en veinte carreras y las ganó todas.

—No sé por qué corro tan rápido —decía—. Sólo corro.

Wilma se convirtió en la mujer más veloz del mundo, lo cual le trajo muchas alegrías a su familia y a su país. De hecho, en las Olimpiadas de 1960, Wilma rompió tres récords mundiales. Solía decir que la clave para ganar es saber cómo perder:

—Nadie gana todo el tiempo. Si puedes levantarte después de una derrota devastadora y vuelves a intentarlo, algún día serás una campeona.

23 DE JUNIO DE 1940 – 12 DE NOVIEMBRE DE 1994

ESTADOS UNIDOS DE AMÉRICA

LOS MÉDICOS ME DIJERON
QUE NO VOLVERÍA A
CAMINAR. MI MADRE ME
DIJO QUE SÍ LO LOGRARÍA.
DECIDÍ CREERLE A ELLA.
WILMA RUDOLPH

ILUSTRACIÓN DE
ALICE BARBERINI

XIAN ZHANG

DIRECTORA DE ORQUESTA

Había una vez un país en donde los pianos estaban prohibidos. Era imposible conseguir pianos en las tiendas de música y no se tocaban en los conciertos. Simplemente no había pianos en ningún lugar.

Un día un hombre tuvo una idea genial: compró todas las piezas necesarias y construyó su propio piano. Sin embargo, no lo construyó para él, sino para su hija de cuatro años, Zhang.

A Zhang le gustaba tanto tocar el piano que se convirtió en profesora de música y entrenó cantantes en el Teatro de la Ópera de Pekín. Era feliz y creía que sería profesora de piano y pianista durante toda su vida.

Una noche, después del último ensayo de una hermosa ópera llamada *Las bodas de Fígaro*, el director de la orquesta llamó a Zhang y, sin darle explicaciones, le dijo:

—Mañana dirigirás la orquesta.

—Gracias —contestó ella con un chillido. ¡Estaba aterrada!

Al día siguiente, convocó a la orquesta para hacer un ensayo adicional. Zhang era diminuta y apenas tenía veinte años. Cuando subió al podio, algunos de los músicos se burlaron de ella. Pero Zhang ni siquiera parpadeó. No sonrió. Simplemente alzó la batuta y esperó. Diez minutos después, la orquesta seguía su dirección con absoluto respeto.

—Mi vida cambió de la noche a la mañana —afirmó después.

Hoy en día, Zhang es una de las directoras de orquesta más famosas del mundo.

NACIÓ EN 1973

CHINA

CUANDO LAS NIÑAS
VEAN A OTRAS MUJERES
HACIENDO ESTE TRABAJO,
SENTIRÁN QUE ELLAS
TAMBIÉN PUEDEN HACERLO.
XIAN ZHANG

• YAA ASANTEWAA •

REINA GUERRERA

En una tierra rica en oro, vivió una reina poderosa que gobernaba el reino Ashanti. Esa reina se llamaba Yaa.

Su gente creía en los poderes mágicos del banquillo dorado, el cual era tan sagrado que ni siquiera el rey ni la reina tenían permitido tocarlo. Se decía que el corazón y el espíritu de los ashanti del pasado, el presente y el futuro estaban contenidos en ese trono dorado.

Un día, un general designado por la Corona inglesa anunció que el Imperio británico tomaría control de las tierras de los ashanti.

—También exigimos el banquillo dorado para sentarnos en él. Tráiganlo aquí de inmediato.

Los líderes ashanti se sintieron indignados e insultados, pero el enemigo era poderoso. Uno por uno se fueron rindiendo.

Pero Yaa Asantewaa se negó. Ella alzó la voz.

—Si ustedes, los hombres de Ashanti, se rehúsan a defenderse, entonces nosotras, las mujeres, lo haremos. Combatiremos a los hombres blancos.

Yaa lideró un ejército de cinco mil personas en una batalla contra un ejército británico bien armado. Después de una dura batalla, el ejército de Yaa fue derrotado. Yaa fue capturada y deportada a las islas Seychelles.

Yaa nunca volvió a ver su tierra amada, pero su país siguió sintiéndose inspirado por su valentía. Unos cuantos años después de la muerte de Yaa, el Imperio ashanti recuperó su independencia. Hasta el momento, la gente de Yaa Asantewaa sigue cantando canciones sobre su amada reina y su orgulloso espíritu guerrero.

CIRCA 1840 – 17 DE OCTUBRE DE 1921

GHANA

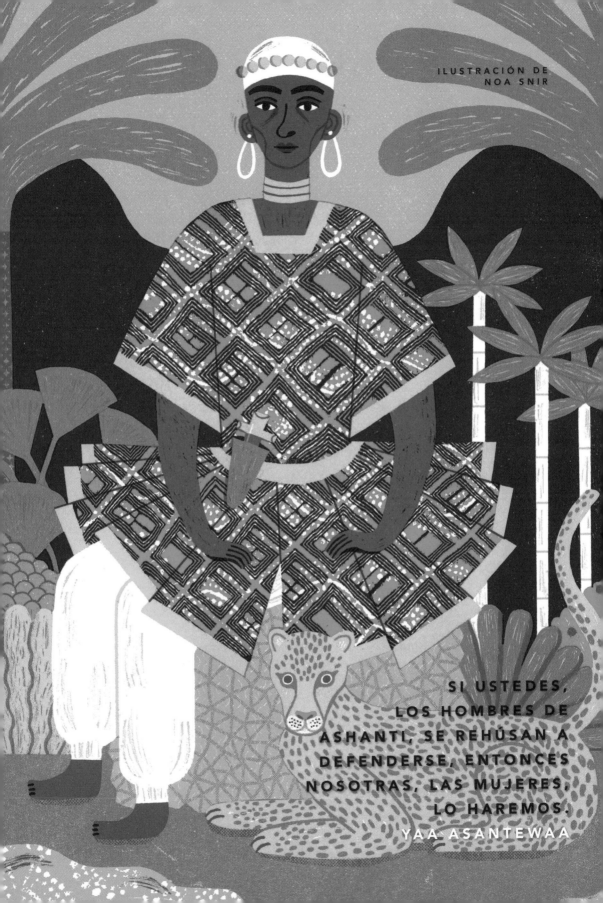

ILUSTRACIÓN DE
NOA SNIR

SI USTEDES,
LOS HOMBRES DE
ASHANTI, SE REHÚSAN A
DEFENDERSE, ENTONCES
NOSOTRAS, LAS MUJERES,
LO HAREMOS.
YAA ASANTEWAA

YOKO ONO

ARTISTA

Había una vez una niñita llamada Yoko que vivía en una hermosa casa en Tokio. Cuando la guerra se desató, su casa fue bombardeada. Yoko y su familia tuvieron que huir para salvar sus vidas. Su hermano y ella se quedaron sin juguetes, sin cama, sin dulces y sin ropa. Tenían que mendigar para poder comer. Otros niños los molestaban porque habían sido muy ricos, pero ahora eran los más pobres entre los pobres.

Al crecer, Yoko se convirtió en artista de *performance*. La gente no sólo veía sus obras de arte, sino que participaba en ellas. Por ejemplo, en un *performance* Yoko les pedía que cortaran con tijeras la ropa que ella traía puesta.

Un día, un músico llamado John Lennon fue a visitar una de las exposiciones de Yoko. Su arte le pareció fascinante y se volvió su fan.

John y Yoko empezaron a escribirse cartas y con el tiempo se enamoraron perdidamente. Grabaron canciones juntos, crearon proyectos fotográficos y hasta hicieron películas.

En ese entonces, Estados Unidos estaba en guerra con Vietnam. Yoko sabía lo terrible que podía ser la guerra y quería colaborar con el movimiento por la paz. Muchos protestantes se manifestaban sentándose en lugares públicos, pero Yoko quería hacer algo distinto. En lugar de sentarse, John y Yoko se «acostaron» una semana en cama, rodeados de cámaras de televisión y periodistas.

Incluso grabaron una canción para resumir su mensaje sencillo pero poderoso: *«Give peace a chance»* (Démosle oportunidad a la paz).

NACIÓ EL 18 DE FEBRERO DE 1933

JAPÓN

SÓLO EMPIEZA A PENSAR EN LA PAZ, Y EL MENSAJE SE EXTENDERÁ MÁS RÁPIDO DE LO QUE CREES.
YOKO ONO

ILUSTRACIÓN DE
MICHELLE CHRISTENSEN

• YUSRA MARDINI •

NADADORA

Había una vez una nadadora llamada Yusra que vivía en Damasco, Siria.

Todos los días, su hermana y ella entrenaban con su papá en la piscina local. Siria estaba en guerra, por lo que un día una bomba destruyó la piscina. Por fortuna, Yusra no estaba ahí en ese momento.

Al poco tiempo, otra bomba destruyó su casa. Una vez más, Yusra se salvó por poco. Su familia y ella no tenían ni un lugar donde vivir, así que decidieron huir del país.

Yusra había oído que Alemania era un buen lugar para los nadadores. El viaje era largo y llegar hasta ahí sería difícil, pero eso no la desanimó.

Su hermana y ella se unieron a un grupo de refugiados que durante un mes atravesó varios países y luego abordó una lancha de plástico hacia la isla de Lesbos. La lancha era para unas seis o siete personas, pero en ella había veinte amontonadas. De pronto, el motor se descompuso.

«Podemos morir en medio del mar», pensó Yusra. «¡Pero somos nadadoras!». Entonces, saltó al agua con su hermana y otro muchacho.

Entre los tres patalearon y jalaron y empujaron la lancha durante más de tres horas, hasta que por fin llegaron a la costa.

Cuando llegaron a Alemania, la primera pregunta que hizo Yusra fue:

—¿Dónde hay un club de natación?

No sólo encontró un club al cual unirse, sino que en 2016 formó parte del primer equipo de refugiados que compitió en las Olimpiadas.

NACIÓ EL 5 DE MARZO DE 1998

SIRIA

ILUSTRACIÓN DE
JESSICA COOPER

QUIERO SER UN ORGULLÔ
PARA TODOS LOS REFUGIADOS.
YUSRA MARDINI

• Z A H A   H A D I D •

ARQUITECTA

Cuando Zaha cumplió diez años, decidió que quería ser arquitecta. Zaha era una niña muy decidida, así que al crecer se convirtió en una de las mejores arquitectas de nuestros tiempos. Se le conocía como la Reina de la Curva porque los edificios que diseñaba tenían siluetas muy audaces.

Un día, Zaha abordó un avión en el aeropuerto y el piloto explicó que habría un ligero retraso antes del despegue. Zaha se indignó e insistió en que la cambiaran de vuelo de inmediato. La tripulación le explicó que era imposible, pues su equipaje ya estaba a bordo. Pero Zaha insistió… y se salió con la suya, como de costumbre.

Así era ella.

A Zaha le gustaba rebasar fronteras y hacer cosas que el resto de la gente creía que eran imposibles. Así fue como creó un tipo de edificios que nadie nunca había imaginado.

Diseñó estaciones de bomberos, museos, casas de campo, centros culturales, un centro acuático y muchos edificios más.

Zaha se abrió camino por sí sola y nunca temió ser diferente. Una de sus mentoras decía que Zaha era como «un planeta con su propia órbita inigualable».

Siempre tenía claro qué quería y no descansaba hasta obtenerlo. Algunas personas dicen que esa es la clave para tener éxito en la vida. Zaha fue la primera mujer en recibir la Medalla de Oro del Instituto Real de Arquitectos Británicos.

31 DE OCTUBRE DE 1950 – 31 DE MARZO DE 2016

IRAK

ILUSTRACIÓN DE
NOA SNIR

SIEMPRE ME SENTÍ PODEROSA,
INCLUSO DESDE NIÑA.
ZAHA HADID

ESCRIBE TU PROPIA HISTORIA

Había una vez… _____

_____

_____

_____

_____

_____

_____

_____

_____

_____

_____

_____

_____

_____

_____

_____

_____

_____

_____

_____

_____

_____

_____

_____

_____

_____

_____

_____

_____

_____

_____

DIBUJA TU RETRATO

SALÓN DE LA FAMA DE LOS REBELDES

Estos son las y los rebeldes que creyeron en este libro desde el principio en Kickstarter. Vienen de todo el mundo con el afán de convertirlo en un lugar mejor.

NIGISTE ABEBE

PIPER ABRAMS

HAIFA Y LEEN AL SAUD

SHAHA F. Y WADHA N. AL-THANI

NEDA ALA'I-CHANGUIT

RAFFAELLA Y MADDALENA ALBERTI

MADELEINE ALEXIS

WILLOW ALLISON

LEIA ALMEIDA

VIOLET AMACK

BROOKLYN ANDERSON

SOFIA ANDREWS

ANDHIRA JS ANGGARA

GRACE ANKROM

OLIVIA ANN

SYLVIE APPLE

ALEJANDRA PIEDRA ARCOS

CAMILA ARNOLD

CAROLINA ARRIGONI

EVANGELINE ASIMAKOPOULOS

PHOEBE ATKINS

AUDREY B. AVERA

AZRAEL

MISCHA BAHAT

KIERA BAIRD

EMERY Y NYLAH BAKER

MOLLY Y SCARLET BARFIELD

EVA BARKER

ISABELLA BARRY

PIPPA BARTON

CRISTINA BATTAGLIO

SOFIA BATTEGODA

JENNIFER BEEDON

EMMA BEKIER

TAYLOR BEKIER

VIVIENNE BELA

MADELINE BENKO

EMMA BIGKNIFE

PIA BIRDIE

HANNAH BIRKETT

ALEXIS BLACK

KATIE BLICKENSTAFF

ADA MARYJO Y ROSE MARIE BODNAR

GABRIELLA MARIE BONNECARRERE WHITE

RIPLEY TATE BORROMEO

MEGAN BOWEN

LILA BOYCE

MARLEY BOYCE

MOLLY MARIE Y MAKENNA DIANE BOYCE

JOY Y GRACE BRADBURY

MAGNOLIA BRADY

EVA Y AUGUST BRANCATO

CORA Y IVY BRAND

TALA K Y KAIA J BROADWELL

AUDREY Y ALEXANDRA BROWN

SCARLETT BRUNER

MARLOWE MARGUERITE BÜCKER

KATIE BUMBLEBEE

VIVIAN Y STACY BURCH

CLARA BURNETTE

MIA A. BURYKINA

ZOE BUTTERWORTH

CASSIA GLADYS CADAN-PEMAN

GIGI GARITA Y LUNA BEECHER
CALDERÓN

FINLEY Y MANDIE CAMPBELL

SCARLETT Y CHARLI CARR

KAITLYN CARR

EMILIE CASEY

LUCIENNE CASTILLO

KYLEE CAUSER

OLIVIA ANNA CAVALLO STEELE

NEVEYA CERNA-LOMBERA ESTRADA

ELLE CHANDLER

JOSIE CHARCON

LYN CHEAH

ANNA MARY CHENG

ELINOR CHIAM

LEELA CHOUDHURI

MILA CHOW

BEATRICE CICCHELLI

COCO COHEN

ABIGAIL COLE

EMILY ROBBINS COLEY

SOPHIA CONDON

EMILY COOLEY

ALLISON COOPER

STELLA Y MATILDE CORRAINI

GIORGIA CORSINI

LOGAN COSTELLO

EMILY CLARE Y CHARLOTTE GIULIA
COSTELLO

CAMILLE Y ARIANE COUTURE

ISABEL CRACKNELL

ROSE CREED

SOPHIA Y MAYA CRISTOFORETTI

NATALIE SOPHIA Y CHLOE SABRINA CRUZ

GABRIELA CUNHA

EVIE CUNNINGHAM

ADA CUNNINGHAM

EVENING CZEGLEDY

ANTONIA E INDIANA D'EGIDIO

KYLIE DAVIS

ELLA-ROSE DAVIS

BRENNA DAVISON

ELIZABETH DEEDS

ILARIA Y ARIANNA DESANDRÉ

ROSALIE DEVIDO

ALISSA DEVIR

PAOLA Y ANTONIO DI CUIA

EMILIA DIAZ

NEVAEH DONAZIA

HADLEY DRAPER LEVENDUSKY

HATTIE Y MINA DUDEN

SELMA JOY EAST

ALDEN ECKMAN

EUGENIO Y GREGORIO

SOPHIA EFSTATHIADIS

JULIA EGBERT

AILLEA ROSE ELKINS

ANNA ERAZO

RAMONA ERICKSON

MADELINE «MADDIE» ESSNER

ELENA ESTRADA-LOMBERA

SCOUT FAULL

LILLIAN FERGUSON

AURELIA FERGUSON

HEIDI Y ANOUSHKA FIELD

PAIGE Y MADELYN FINGERHUT

MARILENA Y TERESA FIORE

MARGARET Y KATHERINE FLEMING

VIDA FLORES SMOCK

LILY Y CIARA (KIKI) FLYNN

SABINE FOKKEMA

MIA Y KARSON FORCHELLI

HANNAH FOSS

SARA BON Y HANNAH LEE FOWLER

SYLVIE FRY

MOLLY CHARLOTTE FUCHS

KATARINA GAJGER

OLIVIA GALLAGHER

TAYLOR GALLIMORE

ANN GANNETT BETHELL

MADELINE Y LUCY GERRAND

MAREN Y EDEN GILBERT TYMKOW

FABULOUS GIRL

CAMILLA GOULD

SYAH GOUTHRO

EMMA GRANT

ISLA GREEN

CARA Y ROWAN GREEN

VICTORIA GREENDYK

MARIAH GRIBBLE

SAGE GRIDER

SUSIE GROOMES

EMMA, LUCY Y FINLEY GROSS

CLAUDIA GRUNER

PAZ GUELFI-SALAZAR

VIOLA GUERRINI

IRIS GUZMÁN

ABIGAIL HANNAH

ANNA-CÉLINE PAOLA HAPPSA

ALANNA HARBOUR

EVELYN Y LYDIA HARE

GWYNETH Y PIPER HARTLEY

ABIGAIL Y CHRISTA HAYBURN

SOFIA HAYNES

EVIE Y DANYA HERMAN

MACY HEWS

CLARE HILDICK KLEIN

AUREA BONITA HILGENBERG

RUBY GRACE HIME

AVA HOEGH-GULDBERG

JANE HOLLEY-MIERS

FARAH HOUSE

ARYANNA HOYEM

SASKIA Y PALOMA HULT

JORJA HUNG

HAYLIE Y HARPER HUNPHREYS

NORA IGLESIAS POZA

DEEN M. INGLEY

AZALAYAH IRIGOYEN

MIRIAM ISACKOV

JADI Y ALEXANDRA

MAYA JAFFE

FILIPPA JAKOBSSON

HADDIE JANE

ELEANOR HILARY Y CAROLINE KARRIE

JANULEWICZ LLOYD

JEMMA JOYCE TOBER

MARLEE Y BECCA K. ICKOWICZ

SLOANE Y MILLIE KAULENTIS

JESSICA Y SAMANTHA KELLOGG

MALENA KLEFFMAN

BRONWYN KMIECIK

CHARLOTTE KNICKERBOCKER

VIOLET KNOBLOCK

RACHEL BELLA KOLB

GABBY Y COCO KOLSKY

MILA KONAR

DARWYN Y LEVVEN KOVNER

OLIVIA KRAFT

SHAYNA Y LAYLA KRAFT

ZORA KRAFT

LUCY Y LOLA KRAMER

MORGAN Y CLAIRE KREMER

CLARA LUISE KUHLMANN

VIVIENNE LAURIE-DICKSON

JULIA LEGENDRE

BOWIE LEGGIERE-SMITH

ARIANNA LEONZIO

DARCY LESTER

ARABELLA Y KRISTEN LEVINE

EMILIA LEVINSEN

SOFIA LEVITAN

GWYNETH LEYS

ERICA A. Y SHELBY N. LIED

IRENE LINDBERG

AUDREY LIU-SHEIRBON

SYDNEY LOERKE

ROXANNE LONDON

SIENA Y EMERY LONG

GIULIA LORENZONI

BRIE LOVE

LILY KATHRYN LOWE

ELLAMARIE MACARI-MITCHELL

NATALIA MACIAS

ALISON Y CAROLINE MACINNES

MACKENZIE Y MACKAYLA

IESHA LUCILE MAE

AISLINN MANUS

LUCIA MARGHERITA

MOXIE MARQUIS

LEONOR Y LAURA MARUJO TRINDADE

CARYS MATHEWS

EVELYN Y TEAGAN MCCORMICK

VIOLET MCDONALD

JOSEPHINE, AYLIN Y SYLVIA MCILVAINE

ALIZE Y VIANNE MCILWRAITH

ANNABELLE MCLAUGHLIN

MAGGIE MCLOMAN

FIONA MCMILLEN

SOPHIA MECHAM

RYLIE MECHAM

MAILI MEEHAN

AVA MILLER

MORGAN MILLER

NOA MILLER

KATHERINE MILLER

PHOEBE MOELLENBERG

ALEXANDRA LV MOGER

LUBA Y SABRINA MIRZA MORIKI

FRIDA MORTENSEN

SARAH MOSCOWITZ

VIOLET J. MOURAS

MABEL MUDD

GEORGIANA MURRAY

NOOR NASHASHIBI

BEATRICE NECCHI

SYDNEY NICHOLS

ELLEN NIELSEN

DYLAN Y MARGAUX NOISETTE

VALENTINA NUILA

SUMMER O'DONOVAN

KSENIA O'NEIL

RIN O'ROURKE

ZELDA OAKS

OLIVIA SKYE OCAMPO

EMMA OLBERDING

CLAIRE ORRIS

ELEANORA OSSMAN

CHAEYOUNG Y CHAEWON OUM

KHAAI OWENS

MAJA Y MILA OZUT

POPPY OLIVIA PACE

OLIVIA PANTLE

SIMRIN MILA Y SIANA JAYLA PATEL

ANNAMARIA Y ELIO PAVONE

TINLEY PEHRSON

OAKLEY PEHRSON

SIENA PERRY

SCARLETT PETERS

ALEXANDRA Y GABRIELLE PETTIT

FEI PHOON

SUNNY Y HARA PICKETT

MACYN ROSE PINARD

BRESLYN, ARROT Y BRAXON PLESH
STOCK-BRATINA

MADISYN, MALLORY Y RAPHAEL PLUN-
KETT

FRANCES SOPHIA POE

ELSA PORRATA

ALEXANDRA FRANCES RENNIE

ANNA Y FILIPPO RENZI

AVA RIBEIRO

MIKAYLA RICE

ZOE RIVERA

ARIA Y ALANA ROBINSON

CLEO ROBINSON

SOFIA, BEATRICE Y EDOARDO ROCHIRA

SOPHIE ROMEO

ELLA ROMO

LUCY ROTE

SOFÍA RUÍZ-MURPHY

SILVIA SABINI

ELIZABETH SAFFER

VIOLA SALA

MANUELA SALES STEELE

ESMIE SALINAS

KAYLA SAMPLE

KYRA SAMPLE

MIA E IMANI SANDHU

SOFIA SANNA

KENDRA SAWYER

LUCY SCHAPIRO

NORAH ELOISE SCHMIT

BELLA SCHONFELD

ELISENDA SCHULTZ

MOLLY SCOTT

KYLIE Y KAITLYN SCOTT

NATALIE SER TYNG WANG

AMAYA Y KAVYA SETH

CRISTINA Y EVELYN SILVA

SHAI SIMPSON

ELLA AUSTEN Y KAILANI MEI SKOREPA

PHOEBE SMITH

ARLENE SMITH

OLIVIA-LOUISE SMITH

SARA SNOOK

EVERLY SNOW

GENEVIEVE Y EMERY SNYDER

SELIA SOLORZANO

AURORA SOOSAAR

AVA STANIEWICZ

RHYAN STANTON

BROOKE STARCHER

ANNABEL WINTER STETZ

SHELVIA STEWART

MAIA STRUBLE

EMMA STUBBS

GJ STUCKEY

NAVAH Y MOLLY STUHR

MYA SUMMERFELDT

SYDNEY SUTHERLAND

SIMONE SWINGLE

VICTORIA SZRAMKA

LOLA-IRIS Y LINLEY TA

OLIVIA TAPLEY

HAILEY ADAMS THALMAN

SOPHIE Y VIOLET THI BRANT

LUANA THIBAULT CARRERAS

REBECCA THROPE

PENELOPE TRAYNOR

JULIA TRGOVCEVIC

CAROLINE TUCKER

CORA ELIZABETH TURNER

SONIA TWEITO

ZOOEY TYLER WALKER

AGNES VÅHLUND

FINLEY VARGO

SARAH VASILIDES

SOPHIE VASSER

NOEMI VEIT

RIDHI VEKARIA

GABRIELLA VERBEELEN

NAYARA VIEIRA

FABLE VITALE

GRACE MARIA WAITE

RAEGAN Y DARBY WALSH

TOVA ROSE WASSON

JOSEPHINE WEBSTER-FOX

ELIZABETH WEBSTER-MCFADDEN

ZOE Y TESSA WEINSTEIN

HARPER WEST

LAUREN WEST

STELLA WEST-HUGHES

ANNA WESTENDORF

ELLIA Y VICTORIA WHITACRE

ELEANOR MARIE WHITAKER

MADELYN WHITE

KAYLA WIESEL

GRACE WILLIAMS

TESSANEE Y KIRANNA WILLIAMS

SAM WILSON

VICTORIA PAYTON WOLF

GEMMA WOMACK

TEDDY ROSE WYLDER HEADEY

CHLOE YOUSEFI

HANNAH YUN FEI PHUA

AZUL ZAPATA-TORRENEGRA

SLOANE ZELLER

WILLA Y WINNIE ZIELK

· ILUSTRADORAS ·

Sesenta extraordinarias artistas de todo el mundo retrataron a las pioneras cuyas historias están contenidas en este libro. ¡He aquí sus nombres!

· AGRADECIMIENTOS ·

La gratitud es uno de nuestros sentimientos favoritos, pues ha acompañado la creación de este libro desde sus inicios hasta el momento en el que llega a tus manos. Ahora que estás por terminarlo, hay algunas cuantas mujeres en particular a quienes queremos darles las gracias.

A nuestras madres, Lucia y Rosa, quienes siempre han creído en nosotras y nos mostraron el fenomenal poder de un corazón rebelde, día tras día; a nuestra sobrina recién nacida, Olivia, por darnos una razón más para enfrentar las batallas más pesadas; a Antonella, por ser siempre la hermana mayor, a pesar de ser la más pequeña; a Annalisa, Brenda y Elettra, que son las amigas más preciadas que cualquiera desearía tener; a Christine, quien —después de una junta de veinte minutos— decidió que 500 *startups* sería el primer inversionista de Timbuktu Labs; a Arianna, por su entusiasmo inquebrantable en todo lo relacionado con Timbuktu y por su generosa contribución a la investigación de este libro; a Vilma, por ser el pilar que es; a la *nonna* Marisa, por su corazón confiado y su mirada luminosa; a la *nonna* Giovanna, por siempre ponernos los pies en la tierra con sus atrevidas frases sobre productividad; y a *zie* Lelle, por tantas risas.

Queremos agradecer de corazón a los 20 025 (y contando) patrocinadores cuyo respaldo nos permitió materializar este libro.

No podríamos haberlo hecho sin ustedes.

• SOBRE LAS AUTORAS •

ELENA FAVILLI es emprendedora mediática y periodista. Ha trabajado para la revista *Colors*, para *McSweeney's*, para RAI, para *Il Post* y *La Repubblica*, además de haber dirigido redacciones de medios digitales en ambos lados del Atlántico. Tiene una maestría en Semiótica por la Universidad de Boloña (Italia) y estudió Periodismo Digital en la Universidad de California en Berkeley. En 2011, creó la primera revista infantil para iPad, *Timbuktu.* Asimismo, es fundadora y CEO de Timbuktu Labs. *Cuentos de buenas noches para niñas rebeldes* es su quinto libro infantil.

FRANCESCA CAVALLO es escritora y directora de teatro. Tiene una maestría en Dirección teatral por la Escuela de Artes Escénicas Paolo Grassi en Milán (Italia). Sus obras premiadas han sido puestas en escena en toda Europa. Además de ser una innovadora social apasionada, Francesca es fundadora de Sferracavalli, Festival Internacional de Imaginación Sustentable del Sur de Italia. En 2011, Francesca unió fuerzas con Elena Favilli para fundar Timbuktu Labs, en donde funge como directora creativa. *Cuentos de buenas noches para niñas rebeldes* es su séptimo libro infantil.

Elena y Francesca viven en Venice, California.

TIMBUKTU LABS es un laboratorio de innovación de medios de comunicación infantiles fundado por Elena Favilli y Francesca Cavallo. Timbuktu está comprometido con redefinir los límites de los medios de comunicación infantiles a través de una combinación de contenidos provocadores, diseños estelares y tecnologías de punta, desde libros hasta parques infantiles, juegos digitales y talleres interactivos. Con dos millones de usuarios en más de setenta países, doce *apps* para celular y siete libros, Timbuktu está construyendo una comunidad mundial de padres y madres progresistas.

Los productos de Timbuktu han ganado:

- En 2016, la iniciativa *Play 60, Play On* (iniciativa de la fundación NFL para reinventar los parques de juegos infantiles públicos)
- En 2014, primera mención especial en la Bienal de Arquitectura de Burdeos
- En 2013, Mejor Revista Infantil del Año en los London Digital Magazine Awards
- En 2012, Premio al Mejor Diseño otorgado por Launch Education and Kids
- En 2012, Premio a la Mejor Empresa Nueva en Italia

Únete a la comunidad de niñas rebeldes en:
Facebook: www.facebook.com/rebelgirls
Instagram: @rebelgirlsbook
Web: www.rebelgirls.co/secret